神笔

莫争◎著

莫争异闻手记

监狱密室的离奇消失案
杀死另一个自己的谋杀案
天外来客遗留世间的奇幻之笔
让神笔带你窥尽世间的冷暖和黑暗

MAGICPEN

书出版社
EW WORLD PRESS

目录 contents

一
一个蒸发的女生

明亮的大学自习室里，三个女生一边娴熟地转着手中的笔，一边钻研着老师发下的期末复习资料。

就在可恶的微积分不断折磨她们为数不多的脑细胞时，教室里的灯光突然熄灭了，整栋教学楼顿时被浓重的黑暗所吞没。

“怎么搞的，没听说今天是爱迪生纪念日啊！”从教学楼的各层窗户里传来夸张的叫骂声和暧昧的调笑声。大家似乎对突如其来的停电早已习以为常。

“又停电了。”李萍弯腰去捡刚才不小心掉到地上的笔，“一群吃白饭的废柴，天天说要换掉教学楼老化的电线，开学第一天就开始反映，现在一转眼都快毕业了！都是些吃里爬外的蛀虫，换老婆倒是挺利索的……”

“柳小凤，这种时候真羡慕你，只有你能继续作战了。”容貌如中年妇女的刘清兰说。

“为什么啊？”靓妹柳小凤在黑暗中还不忘用纤手整理方才因为慌乱而有些走样的发型，听到刘清兰的话她略带好奇地问。

“因为你最会放电呀。”刘清兰不无嫉妒地调侃柳小凤，“快点放点电让灯亮起来。”

“哈哈。”几个女生追闹嬉笑起来。

“既然看不成书，我们玩点什么吧。”李萍老练地从背包里拿出一根蜡烛。

“哧——”火柴点燃了蜡烛，给漆黑一片的教室带来一点小小的光亮。

“玩什么？”柳小凤好奇地问。

“笔仙。”刘清兰很大妈地回答，“我想问问我什么时候能邂逅我的白马王子。”

“骑白马的不一定是王子，可能是唐僧，你还是少做梦吧。”李萍毫不留情地泼了刘清兰一盆冷水。

这时走廊里突然传来高跟鞋发出的清晰的声音，“咯噔……咯噔……”

“难，难道是鬼……”柳小凤战战兢兢地说，她颤巍巍地抬起右手，食指指向教室门的方向。

“你，你别吓我……”李萍被柳小凤慌张的声音带动，话音也抖了起来。

“我们不是还没开始召唤笔仙吗？”容貌欠佳的刘清兰似乎对鬼的出现感到一丝疑惑。

“咯噔”声越来越近，听起来似乎就是朝着她们来的。三个人哆嗦着望着门外，微弱的烛光照射在教室的木门上，透过门上的小窗在走廊的墙上印出一小块橘色。

突然，一道黑影闯入了那片狭小的光亮，遮盖了近一半的光，乌黑的长发犹如阎罗的招魂幡。

她，终于来了。

三女生蜷缩成一团，吓得不敢吭声，只有一扇门的教室让她们连逃跑的机会都没有，但即使有，她们也早已吓得动弹不得了。

突然，四只异常苍白的手指突然从门缝里钻了进来，“嘎吱”一声，教室门被缓缓推开了。

“啊！”教室里传出一阵凄厉的惨叫，声音高得连进入教室的“女鬼”也不禁捂住了耳朵。

尖叫声平息了好一会，那“女鬼”突然冷冷地说：“你们闹够了没有，存心想吓死我吗？”

“冷梅！”眼尖的李萍第一个反应过来，“画家，你不是说要在宿舍里画画的吗？来教室找我们当人体模特？”

“停电，蜡烛用完了，小卖部也断货。所以只好来找你们。”冷梅说话的口气就像她的姓一样，冷冷的不带丝毫感情，“你们也没蜡烛的话，我就回去睡觉了。”

“别走，我们刚好三缺一……”刘清兰拉住冷梅，“哇，你的手好凉！”

李萍插嘴道："笔仙，玩不玩？很准的！"

"真的准吗？"冷梅怀疑地问，"不过据说笔仙可以满足一个愿望？"

"对！"柳小凤取出一张素描纸，嗲声嗲气地说，"谁有笔呀？"

"你们那些什么圆珠笔，水笔可不行！冷梅，你那支古代的毛笔带了吗？就用它吧！"李萍怂恿冷梅拿出她画画的毛笔。

冷梅本想拒绝，但又不想扫大家的兴，只好勉强答应拿出那支古老的画笔。

这是一支颜色泛黄的毛笔，外表看起来已经有好些年头了。笔的末端还刻着几个类似篆书的文字，这支笔虽然样式老土，但却非常符合"尖、齐、圆、健"的特点，毫无疑问是支好笔！

于是四个女孩分别坐在桌子的四个方位，先在纸上的不同方位写上各种各样的数字和文字，这些是玩笔仙必备的，最后在纸的左上角和右上角分别写下"进"和"出"。

一切就绪，李萍作为老手又重复了一遍玩笔仙的规则，其中最重要的就是，在笔仙没被送走前，千万不能松开拿笔的手，否则，会被笔仙上身，可能有生命危险！

剩下的三个人都点点头。

"笔仙笔仙，上通九天，金童玉女，诚心归完，急急恭请，笔仙降临……"四个女孩子轻轻念叨着。

四个人伸出手同时握住那支笔。

这间自习室位于教学楼的三楼，大范围的停电使校园里的其他建筑也变得一片漆黑。教室里，仅有的微弱烛火诡异地晃动着。窗外的风呼啸着将紧闭的窗户折磨得“嘎吱”作响，肆意摇晃的树枝像恶魔一样在窗外张牙舞爪。

四个女孩的脸色随着烛光的忽明忽暗而泛出些许阴森诡异。

“我，我好像感觉到了什么……”刘清兰朝阴风习习的窗外看了一眼，结结巴巴地说。

“来，来了……”柳小凤的美甲开始不停颤动，晃动成一团模糊的油彩。

原本被四个人紧紧握住的毛笔此刻竟仿佛有了生命一般，从“进”字开始缓缓向纸中间移动！

快嘴李萍被眼前所发生的一切吓得突然成了哑巴，双腿不停地打战。

四个女孩子谁都没有用力，但那毛笔晃动的幅度却越来越大，它似乎在等待召唤者的提问。

“笔仙，你来了吗？”只有冷梅还保持着一丝冷静。

古老的毛笔夹在四个女生手间，开始缓缓地向某个方向移动，毛笔仿佛着了魔似的移动到纸上“是”字的位置，然后诡异地停了下来。

四个人同时倒抽一口冷气，却都不敢出声，因为在玩笔仙的过程中，太过慌张可能会让笔滑落，那样的话后果不堪设想。

俗话说，请神容易送神难，她们总算尝到骑虎难下的滋味了。

“笔仙，笔仙，我可以问你问题吗？”李萍硬着头皮问。

毛笔移动到“可以”上。

四个女孩面面相觑，刚开始她们还以为是某个人在故意搞鬼，但现在已经不得不相信这一切并非人为——

笔仙，真的来了！

“我昨天的美学鉴赏课考试能通过吗？”李萍的成绩不是太好，昨天考试更是完全被把握。

笔又神奇地动了起来，先是在“是”和“否”之间不断地徘徊，又在两者之间停顿了大约十秒，李萍的呼吸随之越来越慢，直到完全停止。毛笔犹豫再三，最后朝“是”的方向划去。

“耶！能过啊！”李萍兴奋地大叫，直到其余三个人用严厉的眼神提醒她注意点她才有所收敛。

“轮，轮到我了……”丑小鸭刘清兰高兴地问，她羞涩忸怩的脸上浮现出一朵红晕，“他，他喜欢我吗？”

“这样不行！”李萍抗议说，“刘清兰，具体点，把他的名字说出来才准！”

“对啊，要不笔仙会生气的，你别影响大局哦。”柳小凤添油加醋，其实也不外乎想多了解一点八卦。

“他，他的名字叫……”刘清兰咬了咬嘴唇，十分勉强地说，“他，他姓赵……”

“啊！原来是篮球队主力得分后卫赵英！”看来李萍早就有所察觉，所以刘清兰才提了个姓李萍就立马脱口而出。

“他，他喜欢我吗？”橘色的火光下，刘清兰的脸涨得通红，像熟透的番茄一样。

笔仙没有丝毫犹豫，迅速从“是”挪到了“否”上！

刘清兰委屈得几乎要哭出来了，但是考虑到目前的情况，却只能含住泪，一副悲痛欲绝的表情。

“你问不问？”李萍问柳小凤。

“我，我不问了……”柳小凤生性胆小，其实她本来想问前世，但要是笔仙说她是只狐狸，她大小姐的面子就挂不住了。

“也可以不问这些。”李萍道，“还可以许愿的。”

“是吗？”柳小凤兴奋地叫道，“我想要一千万，行不行？”

笔仙象征性地控制毛笔离开“否”一点，然后又回到“否”上。

柳小凤叹了口气，但还是倔强道：“我就不信凭我的美貌还赚不到一千万！”

“嘁！”其他三个人同时表示对她的不屑。

“冷梅，轮到你了。”刘清兰提醒一直沉默寡言的冷梅。

“对啊，你也问一下，要不就许个愿吧。”李萍怂恿道。

“对啊对啊！要不问一下你的爱情也行呀。”柳小凤“好心”地建议。

“我，我……”冷梅想了想，为难道，“它，它真的很准吗？”

“当然准啊！它是笔仙嘛！”李萍催促道，“快点吧！它来很久了，恐怕累了，你快点问吧。”

冷梅的手心滑腻腻的，手中笔也抖得更厉害了。她的脸色异常苍白，在摇曳烛火的映照下宛如传说中的女鬼。

“我的父母真的会离婚吗？”冷梅问了一个让其余女生都安静下来的问题。

冷梅出生在一个书香门第的家庭。外公是张大千的同学，东南沿海的著名画家，妈妈是个驻外高级记者，爸爸则是一个成功商人。

然而就是这样一个令人羡慕不已的家庭却并非外人所想的美满幸福，冷梅的父母分居已经长达三年，离婚的期限眼看就要到了。就是因为这样，家境富裕、学校离家也不远的冷梅才会选择呆在简陋的宿舍里。

她的痛苦与寂寞只能寄托在她精心描绘的书画中。又有谁知道，那些让她屡获殊荣的绘画作品的背后隐藏了多少少女的心酸与无奈。

毛笔在纸上歪歪曲曲地扭动着又一次动了起来，仿佛有一个看不见的鬼魂在操纵着它，四个女生的手不由自主地被命运的力量所牵引。

经过漫长的徘徊后，最终毛笔还是停在了“是”上，所有人面对这个答案都无言以对。

“笔，笔仙说他们真的会离婚……”冷梅的话让人感到浑身发憷，她楚楚可怜道，“他，他们离婚了，我，我该怎么办？”

“许个愿吧！早点找到一个爱你的人，他可以陪伴你，给你温暖和幸福。”柳小凤善意地建议。

“找到爱的人又有什么用，到头来还不是各奔东西，孤独余身。还不如隐没红尘，与山林为友，与绿水为伴？”冷梅的话根本不像出自一个二十出头的现代大学生之口，看来古代书画作者对她的熏陶不浅，在人生看法上影响颇深。

“那你的愿望是？”刘清兰穷追不舍地问。

“我想离开繁华喧嚣的城市，不管世间的追名逐利，隐居于与世隔绝的山野之间。笔仙，这个愿望能实现吗？”冷梅十分认真地问。

三个性格各异的女生同时倒吸了一口冷气，冷梅的愿望居然如此古怪透顶！

就在所有人认为这个无稽之谈的愿望一定会被笔仙否定的时候，

更奇妙的事发生了。那支毛笔缓缓地移动到纸的左下方，原本只是笔尖接触纸面，四个人却同时感到手一沉，手中的毛笔仿佛被一只巨大的手握住，在往右下按出浓重的一笔后开始向右上方提笔，而且幅度十分夸张，四双女生的手简直如触电般剧烈痉挛起来。

当这种不适的感觉消失后，四个女生发现纸上多了一个苍劲有力的勾，这一勾气势矫然，一看就是顶尖的书法大家所写！

大大的勾！

斩钉截铁的勾！

一去不复返的勾！

笔仙竟然同意了！

这样的女生间发生的琐事在偌大的校园里本不值一提，如果没有后来的事发生的话。

过了几天，美学鉴赏的考试成绩出来了，李萍居然真的以60分侥幸过关。

刘清兰不信邪，跑去找眼高于顶的赵英示爱，自然被无情地拒绝。

而本来与柳小凤热恋的一名身家千万的富家公子忽然移情别恋，她的一千万美梦也就此化为泡影。

因为冷梅生性清高，本来就不太合群，所以寝室通常都是三个人出入，在食堂吃饭的时候也像往常一样只有三个女生凑成一桌，话题不知不觉地转移到那次玩笔仙的结果，三人一对口，发现笔仙的话居然都神奇地应验了！

如果这一切都不仅仅是巧合，那冷梅的愿望……

“最近怎么没看到冷梅？”李萍问。

“她长得那么漂亮，本来走到哪里都有至少一个集团军的色狼跟着，再跟上一班想学画的，天天吵得宿舍不得安宁。”刘清兰妒忌地说。

“她应该是回家了吧。”柳小凤并不认为冷梅真会如许愿所说，归隐山林。

“可是明天就有一门考试，她怎么还不来，而且也没见她去请假呀。”李萍似乎感到一丝不对劲。

她拿出手机拨打冷梅的电话，却怎么都打不通。她又打到冷梅的家里，管家居然说大小姐没有回去过，在学校上课……

当她拿着手机再三重复管家的话后，三个女生同时愣住了。

半晌后，李萍从牙缝里挤出一句可怕的现实：“冷梅失踪了！”

“莫争，你认为冷梅会去哪里？”离奇的故事终于结束了，方法双眉紧锁地看着我。

“你是刑侦队队长，又不是失踪人口管理科的，怎么查起这个案子来了？”我好奇地问。

“因为很多案子都需要极其出色的想象力才能解决，这就是我求助于你这个作家的原因。”方法诚恳地说。

我到达这座城市的第一天，就在机缘巧合下协助方法破获了一起连环杀人案，因此我和方法也成了好朋友。

“冷梅真的没有回家吗？”我问。

“没有，我们调查过，冷梅的父母在本地虽然有多处房产，但她根本没有回去任何一间。”方法认真地说，“最主要的一点是她连学校的考试都缺席了。”

“或许是离家出走，考试什么的并不重要吧。”我觉得方法的话里充满了漏洞。

“你以为是私奔啊。”方法笑着说，“冷梅属于非常传统的女孩子。她沉湎于书画创作，许多思想都还停留在古代。而且大学为了防止盗窃案的发生，在学校四周的墙上安装了电网和摄像头，并且没有一个镜头曾拍到冷梅的离开。”

“没有拍到不代表她没有离开学校。”方法的证明根本无法说服我，“冷梅大可以躲在别人的车里或者通过其他办法躲过摄像头。”

“我承认有这种可能性。”方法继续说，“但就算她逃出学校，她总得回家吧。但她家也有很森严的防卫……”说到这里，方法下意识地摇了下手，“哎，你总不能说她也躲过家里的防卫系统了吧。难道她还是隐身人不成？”

“她既然向笔仙许愿说她想远离纷扰的红尘，而她又即将面临家庭离散的痛苦，所以就算离开学校，她回家的可能性也很小。”

“为什么你就固执地认为她已经逃出学校的呢？”方法郑重地问。

“你的意思是？”我似乎从方法的话里听出了些什么。

“谁都认为她失踪了。”方法说，“但或许我们只是看不见她。”

“你不会又扯隐身人这套吧？”话刚出口，我便发觉自己误会了方法的意思，“啊！怪不得你这个刑侦队长要来找我，难道你怀疑同寝室的那三个女生？”我做了个抹脖子的动作。

“对，有这个可能，难道你忘了马加爵的案件吗？”方法提醒我说。

2004年2月17日，云南大学00级学生马加爵杀害同宿舍四名学生，随后匿名潜逃。中国警方全国通缉，声势浩大，3月15日马加爵在海南三亚落网，后被判死刑。但由此引发的种种观点却争议至今，影响层面广泛，关于学生的心理健康的问题更是成为社会关注的焦点。

“你觉得是同寝室的三个女生联手杀死了冷梅？”我的声音不由自主地颤抖，如果这个假设真的成立的话，那这起案件势必将引起教育界和社会的强烈反响，我宁可不要挖掘到如此可怕的真相。

“这仅仅是我的一个设想。对我们警方来说，任何一种可能性都不能放过，哪怕看起来这个假设是无稽之谈。”方法用坚定的语气说，他有一颗对隐藏在黑暗背后的真相无比执着与热忱的心，所以我很欣赏他。

“你有证据吗？”我说，“她们可都是象牙塔里的大学生，清纯无邪、涉世未深，你最好不要贸然采取行动，不然伤害到她们的心灵恐怕会给她们留下无法磨灭的阴影。”

“哎……”方法长叹了一声，“最近扫黄组的同事正在严打，结果每次行动归来，他们都不得不感慨……”

“感慨什么？”我很好奇。

“妓女越来越像大学生。”方法苦笑。

“那大学生呢？”我傻傻地问了一句。

“你自己去大学校园里看看不就知道了。”方法的脸上露出一丝狡猾的笑，“还是说说失踪案吧，根据最后一个看见冷梅的李萍所说，她当时看到对铺的冷梅躺在床上，眼睛直瞪瞪地看着墙上的一幅画。然后第二天，她醒来时冷梅已经不见了。当时李萍还以为冷梅去上早自习了，因为冷梅一直是个勤奋的学生，所以大家也都没在意，直到三天之后，才发现冷梅失踪了！”

“也就是她们在食堂聊天吃饭的那天？”

“对！按照柳小凤的说法，冷梅就像一块冰，从人间蒸发了。”方法回忆三个女生的笔录说。

“人间蒸发？这或许也是一种可能。”我被方法所谓的穷尽一切可能论搞得有点头晕。

“算了算了。我还是回去继续研究案情，我已经安排人监视那三个女生，我就不信不能把冷梅找出来！”

“但愿你找到冷梅的时候，她还没有凋谢。”我冷笑着说，对方法的所作所为表示不屑。

我就这样和方法不欢而散。

我是一个作家。

作家靠动笔杆子吃饭，但现在的写作都已经逐渐电脑化、无纸化了。大师倪匡更是直接飞跃过键盘，从用笔写作直接升级到用语音输入。但我还是坚持用笔写文章，当握住笔的时候，我就感觉到一股力量由内而外地散发出来，充盈我的全身。

几天后，我阴差阳错地去参加了一个所谓的“笔会”，这次的“笔会”并非大家所想的那种。

确实是实实在在的笔会！

这个笔会是一个专门收藏笔的怪人举办的。

而来参加的笔会的人也是三教九流皆有。有许多肤浅的造笔商申请参加，想通过笔会促进销量，但都被严词拒绝。

笔的种类众多，除了古时常用的毛笔外，铅笔、钢笔、圆珠笔以及如今的高科技产品电子笔、语音笔等等都属于这个大家族。

在笔会上展出的笔也是千奇百怪，包括一支据说是三国时期诸葛亮写《出师表》时所用的毛笔，一支“画圣”吴道子用过的画笔（虽然毛早已掉光，只剩光秃秃的笔杆了），一支侵华日军总司令冈村宁次签署投降协议时用过的水笔，一支阿姆斯特朗在月球上用的特殊的太空笔，林林总总，看得人眼花缭乱。

还有一些鹅毛、石头、木头、竹子、骨头、草料等制作的笔，甚至还来了一个文殊院的高僧，他的手指像是被机器生生轧断了一截。后来我才知道那是他咬破手指，用鲜血书写佛经而造成的。高僧非常虔诚，他是完全用血指书写，而不是像某些伪僧那样把一丁点血掺在墨水里，再加点朱砂颜料来书写就“大功告成”了。

在笔的展览过后，是一些关于笔的讲座。内容包含笔的历史、构造、象征、未来发展趋势等等。

这些冗长乏味的讲座听得我头晕眼花。

最后，一个姓李的学者风度翩翩地走上讲台。他演讲的题目是“先有笔还是先有字”。

这个论题涉及到太多的历史、考古、艺术甚至是地理变迁、生物环境的问题，很是大费周章。

李学者的演说使在场的听众激动不已，议论纷纷，实在让我大饱耳福。

又有一个好事者要李学者给出答案，李学者婉言谢绝，在听众的再三坚持下，李学者十分遗憾地摇了摇头，出人意料地说："其实我也不是很清楚这个问题，非常谢谢大家的辩论，希望我今天的讲座能起到抛砖引玉的作用，能使人类多一点对笔的认识。"

笔会就这样匆匆散了，每个与会者都得到主办方赠予的几支上等的笔作为礼物，价格当然不菲，让人揣在怀里时也感觉沉甸甸的。

回到家里，我取出一支珍贵的毛笔开始潜心练习书法。

笔是一种神奇的东西。而毛笔更是最具灵性的书写工具。很多时候，只需看一个人的字便能对一个人的性格了如指掌。

众所周知，书法可以修身养性。

但是当方法冲进我的房间，害得我马上大功告成的《兰亭集序》因为受惊而出现了一抹败笔时，之前好不容易养的性全部被我的怒气掩盖了，我用可以杀死人的眼神看着方法。

"实在很抱歉，我不是故意的，我不知道你在练书法……我请你吃饭当作补偿。"方法觉得不贿赂我一下，今晚他是出不了我家门了。

我也开始为自己的冲动感到有些不好意思，于是接受了他真诚的道歉，当然还有一顿饭。

"怎么回事？"我问他，"这么急急忙忙地来找我，是不是冷梅的案子有什么进展了？"

"嗯。"方法听到我提起冷梅的案子，立刻就换上一副严肃的表情，"我调查到一宗古董走私案，无意间发现去年也发生过一起类似的古怪失踪案！"

"和冷梅消失类似的失踪案？具体说说怎么回事。"我催促道。

“失踪的人叫常洛阳。”方法说话很干脆。

“为啥不叫洛阳铲？”盗墓小说的流行让我脑海中浮现出这个名词。

“对！对！这个人是个文物贩子，莫少真是太聪明了！”方法夸道。

“过奖！”我厚颜无耻地接受方法的恭维。

其实不是我厉害，是因为常洛阳这个名字在文物界太有名了！他是河南人，出身盗墓世家，祖上都是盗墓贼，到了他这一代不但没有没落，反而更加发扬光大了。连美国突击队那种解救人质时，只炸大门不炸人的水炸弹都被他用到盗墓上来了。轻轻一按，谈笑间墓门大开，常洛阳如冥王巡游，大摇大摆地光顾了无数的名墓古冢。之后此人认识了一个美国小明星，又通过假结婚等手段把大量古玩卖到国外，若干年后回来就摇身一变成为身价百亿的著名慈善家了。

但就在他最风光的时候，却一不小心得罪了一个上级领导。原来的他收藏里有一封内战期间，某个骑墙派分子在两大派系之间徘徊时作为双面间谍的密信，这封信的历史价值巨大，牵扯到很多不为人知的秘密。

果然不幸很快降临，这个骑墙派的后人（以下简称大手掌）如今也继承了前人的风格，当朝混得是风生水起，大权在握。天下没有不透风的墙。大手掌一怒之下，找了个走私文物的借口，派人抄了常洛阳的家，把他那些价值连城的古董都充公了，但死活都找不到那封秘信。

一审问，原来常洛阳也怕私藏的密信会惹祸上身，早就把信给烧掉了。此事后来就不了了之。

“可怜常洛阳从巨商富贾沦落到身陷囹圄，”我叹息道，“真是人生无常啊。”

“不错，常洛阳因为走私文物被判终生监禁。”

“但这事应该过去有一段日子了，还有什么好追究的呢？”

“因，因为……”方法着急得有点结巴了，“常，常洛阳他，去，去年也蒸发了……”

“什么？蒸发？”这是我第二次听到这个从曾被用在冷梅身上的词。

二
铜墙铁壁奈我何

“从监狱里人间蒸发了？”我突然想起方法一开始就说过这个案子和冷梅的一样古怪，“我怎么没听说这个奇怪的案子？”

“这件事实在太玄了！所以相关的消息全部被严密封锁了！”方法说，“常洛阳进入监狱后，表现良好，外面又有家属四处打点关系，那个大手掌也渐渐失势，所以常洛阳已经争取到减刑，实际上再呆上两三年就能出狱了，但在关键时刻他……”

“他神奇地从监狱里蒸发了？”我想起之前方法的推理，“你觉得有没有可能他根本没逃出监狱，而是……”

“你的意思和冷梅的失踪案一样，监狱长或者是其他囚犯串通起来，用某种方法使他消失了？”方法被自己的说法吓出了一身冷汗，“我真的有点糊涂了，根据我们这几天对那三名女生的监视和在校园里的搜查，还是没有一点关于冷梅的下落。”

“但这并不代表常洛阳被监狱内部的人秘密灭口的可能性就不存在。”我以其人之道还治其人之身，说得方法哑口无言。

“是的。”方法迷惘道，“但这两起失踪案有极其相似的地方。”

“监狱会与校园很相似吗？笑话！”我对方法的结论嗤之以鼻。

“不，你听我说。”方法耐心地向我解释，“常洛阳住的是大约十平方的单身监狱，门外就有两个狱警时刻看守。而冷梅住的宿舍也差不多大小，当时和她同寝室的还有三个同学，而第二天，他们都就不可思议地从房间里消失了。”

“密室失踪案？”我仍然觉得方法所说的不可思议的现象只是因为他太笨了，“我觉得你去问大卫·科波菲尔可能效果更好。”

“为什么？”方法的愚笨已经超出我的想象。

“1987年，他从防卫森严的美国阿尔卡特拉联邦监狱逃脱，成为历史上第一个逃出此监狱的人。”我笑着说，“但我不认为常洛阳有这样的身手。你们确定搜查过整个监狱了？”

“当然，每一寸土地都翻过了，几乎是掘地三尺。”

“照你这样说，你对常洛阳的案子应该研究得很透彻，说说你的想法吧。”

“哎，没什么实际的想法，只有很多假设，虽然看上去勉强可以成立，但结果又都被否定了。”

“比如呢？”我对方法的那些愚蠢的假设表示出好奇。

“比如像以前的电影中所放的那样，常洛阳的亲人在送饭时，在饭中藏了一把牢房的钥匙。”

“现在的监狱估计要藏一串钥匙才行，而且门口与走道不仅有人，还有摄像机随时监视。”果然是漏洞百出的假设。

“对啊！开始我们也怀疑是狱方被收买，于是叫内务部做了许多调查，包括取出那几天的录像，分析是否有人篡改，但一切都显示正常。”

“真的正常？还是看起来很正常？”我对方法的话表示怀疑。

方法慎重地想了想：“应该是看起来很正常。”

“那人怎么会没了？”

“就是因为不知道，所以我才来找你。”方法一副我如果知道还来找你干什么的表情。

“光在这空想也没用，我觉得我有必要去关押常洛阳的监狱实地勘察下，或许能找到一点线索。”

“这个……”方法为难地说。

“那算了，我后天还有个笔会，我要先出门一趟。”见方法这么不干脆，我马上识趣，笔会自然是借口，像先前的笔会是百年难得一见的，而那种恶心的文人聚会我是从来不参加的。

“不不，莫争，我马上去帮你办申请手续。”方法连忙拉住我，“就说你要创作小说，想体验一下监狱生活，行不行？”

虽然骗人是不对的，但是被骗更是大大的不对，所以我勉强答应了方法。

方法在对我肯帮忙表示感谢后，就回去申请那些繁琐到极点的入狱手续了。

而我则呆在家里，对着一副张旭的狂草练了足足两三个月，结果还是没什么大的进展。

真是蛮羡慕毛主席，整天忙于到处打仗，却写得一手豪迈纵横的毛体，这也许就是书法所谓的“境界”吧。

那时毛主席用过的笔现在应该已经价值连城了吧。我胡思乱想着，不知为何，好像隐隐感觉到一条潜藏的线索，但一时又无法明确地找到它，那种难受郁闷的心情如同手中握着笔，却无法将感情用文字宣泄出来的巨大痛苦。

在等待入狱手续办妥的期间，我必须整理和了解下关于冷梅的一些情况。

冷梅的出身良好，妈妈张凝香是一名驻外高级记者，担任许多重大国际事件的采访工作，在新闻界的口碑和地位都无可挑剔。爸爸冷无愁是一名成功的商人，身居数万员工的大企业总裁之位。而她自己则是个前途无量的青年女画家，多次获得国内和国际书画比赛的奖项。所以她的突然失踪自然引起诸多麻烦。

首先，冷无愁在十几辆黑色奔驰的簇拥下来到学校，以几近威胁的口气命令校方交人。但是很显然学校也不知道冷梅究竟去了哪里。于是，从那天起，校园里到处都是冷氏集团的手下在寻找冷梅，黑衣黑裤黑鞋黑镜，比黑社会还要嚣张，许多学生感觉在这样的环境下根本无法安心读书，于是纷纷申请转学，令校方头疼不已，学校的名誉更是一落千丈。

冷无愁甚至准备一纸诉状将学校告上法庭。而张凝香也同时动员国内的大部分媒体与原本已经濒临离婚边缘的丈夫一起并肩作战，对冷梅所在学校的监管不力和对学生生活的疏忽等等进行大规模的口诛笔伐，校长一周内接连看了三次心理医生，眼看就快神经崩溃到自杀的地步。

与此同时，所有的电视、电台、网络、电线杆、厕所门口等都播出或张贴了寻找冷梅的有奖寻人启事。奖金是三百万人民币，并赠送一幅齐白石或者徐悲鸿的名画。

冷梅的名字一夜间就传遍了大江南北，外国人刚开始还以为是中国的新锐明星，得知此事后，外国媒体也开始疯狂炒作，并把冷梅描述成“中国的女毕加索”，更有甚者说她因为才华出众，貌美如仙而提前得到了神的迎接。

虽然暂时还去不了监狱，但冷梅的学校却并不需要什么什么复杂的手续才能进去。

于是我打了电话，告诉校方我是一个作家，想去学校图书馆找点资料。大概人们都对这所据说会“吃人”的学校唯恐避之不及，我轻而易举就获得校方的允许，并装模作样地在图书馆里查阅了几天资料，然后我认识了一个学生会的干部。她叫小霞，长得胖胖的，非常可爱，她还是我的忠实读者。

到了女生宿舍门口，铁门旁的宿管办里，一个看上去不怎么和善的大妈不怀好意地盯着我。

小霞把我的身份说了，我们又做了身份登记，这才让我进了女生宿舍。

走在阴暗的走廊，我问小霞：“那扇铁门晚上几点关门？”

“晚上十点后关门，第二天早上五点开门，门会从里面被两道锁反锁上，而且值夜班的大妈也会看守着。”

“那冷梅的事……”

“警察已经询问过大妈无数次了，她确定那天晚上门是她亲手锁上的，而且她也一直寸步不离地看守着，就是一只蚊子都不可能在那天晚上飞出宿舍楼！”

小霞带我轻手轻脚地来到冷梅的宿舍。

一个大男人走进女生宿舍自然有点做贼心虚的感觉，到了宿舍，门口又是铁将军把门。

我心里十分纳闷，这么小的宿舍，不但入口有铁门，就连里面也是铁门把守，窗户外又全部被铁窗围了起来，的确和监狱十分相似。冷梅究竟是怎么从这个铁笼子里消失的呢？

这时我似乎感觉到，冷梅的失踪与常洛阳的越狱似乎真如方法所说存在某种关联，可以说，只要破解冷梅的消失之谜，就一定能用同样的方法找到常洛阳！

就在我思考问题的间隙，走廊里响起叽叽喳喳的声音，小霞示意我是房间的主人回来了。小霞把我介绍给了那三个女生，虽然她说我是想写本关于大学女生生活方面的书，但敏感的李萍还是察觉到了什么。不过她也没有对我表现出太大的敌意，倒是刘清兰不停地问我她的外貌是不是符合唐朝美女的标准。

我恶趣味地说：“如果小霞是杨玉环，你就是奥运会。”

“什么是奥运会呀。”柳小凤翘着兰花指问。

“奥运会就是五环，哈哈。”李萍捂住嘴坏笑。

刘清兰十分尴尬，我感觉我的玩笑有点过分，于是送了一本我的签名书给她，又说她很符合非洲某个部落选王妃的要求，这才让她转嗔为喜。

随着铁门的打开，我走进宿舍里，左右分别是两张上下床，冷梅是左边的上铺，东西摆得十分整齐。书倒是有点凌乱。床上都是女生用的东西，十分寻常。

“书被警方翻过了，恐怕是想找遗书之类的，但是什么都没有发现。”李萍说，“是我帮她重新整理好的。”

“为什么这里会有血迹？”我惊奇地发现枕头下有几点红色。

“什么？”现场的气氛一下子凝重起来。

好不容易几人趴在床边看到我所谓血迹，李萍长长松了口气：“拜托，不要那么大惊小怪好不好，那不是血！”

“不是血是什么？”我脑子里飞转，不好意思地说，“难，难道是女孩子每个月一次的……”马上转念又想，不对，那个应该是在中央偏下，不该出现在枕头附近。

四个女孩子的脸也全都涨红了，气氛顿时从紧张转变成尴尬。

“咳……”最后还是刘清兰鼓起勇气说，“你不知道冷是天才画家吗？她经常在床头画画，那是她不小心把颜料沾到被单上了，不信你可以闻闻。”

我爬上冷梅的床，像猫一样趴在她精致的蚕丝棉被旁。

一嗅，果真是朱砂的味道。冷梅的床上还残留着少女的清香，几根长发躺在洁白的床单上。

我爬下床，和四个女生继续聊天。我也不拐弯抹角，直截了当地问：“冷梅消失前几天，你们有发现她有什么异样的地方吗？”

“作家，你是要写一本关于这起神秘案件的书吗？”刘清兰得知她符合非洲王妃的标准后，对我似乎很崇拜。

“大概是，到时可能还需要你们的玉照呢。”

“真，真的吗？我一定会选张最漂亮的给你！”柳小凤兴奋道。

我不忍心再说些“善意的谎言”，只好又重复了一遍问题：“你们好好回忆一下，她消失前到底有什么不寻常的事情发生？”

“哎，冷梅这个人本来就很不寻常。她家境那么不寻常却来我们这所很寻常的学校，她人也长得很不寻常的美，画画也很不寻常的厉害，而且她和我们的关系也很不寻常，总是若即若离的。”李萍的话像炮弹似的，让我一下子摸不着东南西北。

我服了她，于是又问：“那她消失之前有没有和你们说过一些奇怪的话？”

“有啊有啊！”刘清兰突然想到了什么。

我以为是事情的关键。但听了一下，原来是方法已经和我说过的关于笔仙游戏的故事。这种学生间的鬼把戏，我从来没有放在心里。但这时经刘清兰又说了一遍，我突然想到一个方法所谓的假设。尽管这个假设是那么不可思议——

“作家，会不会是笔仙把冷梅带走了？”柳小凤的声音有些颤抖。

笔仙带走了冷梅？

这个解释太唬人了吧！要是方法敢用这个理由结案，保证他第二天就被辞退！

问了半天，也没得到什么有价值的线索。

由于是一边问，一边低头做笔记，所以我渐渐感到脖子有点酸，我扭动脖子以放松紧绷的神经，突然看到冷梅床尾的墙上挂着一幅画。刚才虽然爬上她的床，但注意力只停留在床头，而刚进门时，又因为光线的问题，我并没有注意到床尾的那幅画。

那是一幅山水画，宣纸上描绘的是一座白雪皑皑的雪山，寂静幽谷，空无一人。不由让人想起“千山鸟飞绝，万径人踪灭”的诗句。整幅画让人感到遍体生寒，使观赏者不由产生一种恭敬与景仰。的确是出自天才之手。

我不由对冷梅这个众口相传的奇女子产生了无限的好奇：“对了，你们有冷梅的照片吗？”

“有，但只有一张，因为她从不照相。”

“从不照相？”我好像想起了什么。在一些土著部落里，是绝对禁止游客为他们照相的，因为土人们认为照相机会把人的魂魄带走。

这是否和冷梅的失踪也存在某种关联呢？

不一会，唧唧喳喳的李萍从抽屉里翻出一张照片，是大家去野外郊游的时候，李萍在冷梅写生的时候偷拍的。

第一眼看到这个女生，只能用一个词来形容——惊艳！

照片上的冷梅身穿一件月白色旗袍，屈膝坐在小溪边，面前支起一个半人高的画架，她右手执笔，抬头眺望远方的风景，阳光从稀疏的树木间洒下，在她的身上投下斑斓的光影。

一个如梦似幻的女子。

而她仰望的姿势又像极了那张流传极广的张爱玲。大抵有才气的女子都蕴含一种红颜自怜的孤傲与神伤。

难以置信世界上竟有如此让人为之惊艳的女子。但她的确曾存在于这里，而后，又无缘无故地消失了。

“冷梅在画画？”我明知故问。

“是的，她画画的时候也是她最美的时候。”柳小凤这句绝对是真话。

“她画得真好！”我由衷地赞叹道。

“当然，她从小就学习画画，加上天赋异禀，又有上等的宣纸和颜料创造的有利条件，所以她的画每次参加比赛都能获奖。”刘清兰羡慕地说，她拉开一个抽屉，里面摆满了装有上好画笔的笔盒。

若不是我在之前的笔会上见过许多千奇百怪的笔，我一定会更加惊讶。

“啊……”我长长地呼出口气，“这么多笔！”

“是的，这些笔全是她的。”李萍说，“而且她的笔很好认，因为她有咬笔的习惯，每一支笔的末端都有她的牙印。”

“真的吗？”我打开其中一只笔盒，取出里面的笔，果然发现每支笔的笔杆末端都有浅浅的牙印。

“她一直抱怨她的笔不好，否则可以画出更好的作品。”刘清兰说，“但在我们看来，她的画已经是大师级的作品了。”

刘清兰回头看了一眼雪山：“你看，这座雪山太美了，简直像真的一样！”

像真的一样？我回头看了一眼画中的雪山，就在这时，我突然发现了一点异样。这幅画实在栩栩如生得有些异常，它不是写意，却有点类似工笔，然而却又没有工笔的匠气，与其说它是一幅画，不如说它是一张照片。也不对，照片绝对没有这样的生气，尤其是那种画面流动的感觉。

对，这画简直在动！

不如说它更像电视屏幕！

我踩上椅子，想爬上床仔细看下那幅画。

“喂，先生，宿舍楼要关门了，请你快点离开！”就在这时，那个宿管办的大妈猝不及防地出现了。

我差点从椅子上摔下来。

四个女生遗憾地看了看另一边的墙上，不知不觉，已经是晚上十点了，再不离开宿舍的话大门就要关上了。

在大妈严厉的目光下，我只好带着疑惑离开了女生宿舍楼。

在回家的路上，脑海中不断浮现出刚才那幅异样的图画。

奇怪，为什么那幅画好像是活的一样？简直如同有生命一般，难道刚才我看到的仅仅是我的错觉吗？还是因为当时的光线问题而导致的视觉误差？

我百思不得其解，但我决定有时间再去女生宿舍楼一次，彻底弄清楚这种感觉背后的真相！

但是人算不如天算。

几天后，当我抽空准备再去女生宿舍仔细研究那幅画的时候，却意外得知学校因为冷梅的事闹得沸沸扬扬，恰逢国定假日临近，所以借机放了个一周的长假。

两头都没有着落的我百无聊赖，只好在网络上查阅一些和笔有关的论文、历史、小说、神话之类，还有一些关于常洛阳的新闻，也研究了一些以前发生过的密室失踪案件，可是始终找不到一种合理解释可以用来分析这次的案子。而且冷梅与常洛阳的失踪确实在某种程度上很类似，这又让整个案子愈发显得扑朔迷离起来。

但这两件事不是真的有所关联？还是只是因为方法把原本互不相关的两起案件弄得过于复杂了？就像方法盯梢了那么久也没有找到

三个女生有任何杀害冷梅的嫌疑一样？如果冷梅没死，那么她现在到底在哪里？

就在我满头雾水、一筹莫展的时候，我接到了方法的电话。他已经办妥了我的入狱手续。为了配合他的申请，我还连夜写了一份关于一个犯人出狱后改邪归正的小说提纲。

方法开车驶向监狱，那是一栋位于郊区的山下，看起来像写字楼一样的建筑物，如今的社会，繁华都市中遍布着密密麻麻的写字楼，就像囚禁人的监狱。

到了监狱，亲自跨过那些守卫森严的重重关卡，我不得不承认这座监狱的确是一座“铜墙铁壁”！就算是给常洛阳插上翅膀，他也会被哨岗上的狙击手打下来。

但是他竟然还是在这看似无懈可击的严防死守下突然消失了！

我们走过长长的过道，随处可见全身武装的狱警和先进的电子监控设备。铁栏后的许多犯人露出麻木的表情看着我，狭隘的牢房让他们失去了生命的活力。他们的容貌简单得像一副拙劣的画。继续向前，又经过几个岗哨，我和方法终于来到一间单人牢房前。

“这就是关押常洛阳的地方。”方法说。

“为什么只有他是单独一个人住？”

“他的妻子捐了很多钱给监狱建了个健身馆。”方法无奈地说，“有些事不好说得太细。”

“我明白。”我识趣地走进牢房，里面大约十几平方米，有床有书柜甚至还有单独的厕所。和都市里的出租房差不多，甚至还要干净一些。但在房间的角落，一张书桌异常显眼，从质地来看是上好的檀木桌子。

“怎么会有这么好的檀木桌子？”我问方法。

旁边的一个狱警说：“这是常洛阳的老婆买来的，那时刚好要评模范监狱，这个书桌也说明监狱是很具有人道主义的。”

“呵呵，原来是这样。”我不置可否地笑笑，“可是这桌子放在这有什么用呢？”

“在上面写字呀！”狱警回答说，“这个常洛阳可不简单，他的毛笔字写得十分了得，还得过不少奖呢！”

“他会不会画画？”我忽然想起了冷梅，于是问了个让狱警摸不着头脑的问题。

“画画倒没见过。”狱警回答，“那个柜子里还留有一些他用过的文具和稿纸，你可以看看，他的纸很讲究，喜欢的话你可以拿些回去。”

狱警显然误会了我的意思，我打开柜子，不看不知道，一看吓一跳。柜子里堆叠着一沓三尺多高的宣纸，一摸之下我发现全是上好的宣纸，估计价值好几十万呢！这是一个犯人的监狱生活吗？还不如说是一个大富翁别致的隐居呢。

我飞快地浏览了下常洛阳的书法作品，笔走龙蛇、笔饱墨酣、笔底春风、笔歌墨舞、笔墨横姿……

而且写得些尽是淡泊名利、修身养性的文字，比我原先估计的什么“天下奇冤、六月飞雪”相去甚远。

“这些都是他的作品，但只有这幅是他最满意的。”狱警指了指墙上挂着的一幅书法说。

我这才发现原来墙上还有一幅书法，这张书法写得十分潦草，刚进来时我还以为只是一些涂鸦而已。

“这是狂草。”我仔细端详了半天总算看出些眉目来。第一个字是神！剩下的几个字写得过于潦草，实在难以分辨。

神？上帝？我脑海里又在拼命运转。

“常洛阳是信什么的？”

“姓常啊！”方法想也不想地回答。

“我说的是他的信仰！”我没好气地看着不用大脑思考的方法。

“信仰啊！中国人的信仰最怪了，什么有用信什么吧。”

“那就是说他不是基督徒了？”我问。

“你的想法太怪了吧，这和基督徒什么关系啊。”

“没有，我突然想到了一个斯蒂芬·金的作品。”

方法露出了一个突然醒悟的表情：“我也看过那部电影！”

“对！《肖申克的救赎》！主人公安迪在肖申克监狱里花了十几年的时间挖了一条地道，当时他就是用一幅挂在墙壁上的巨幅海报作为掩饰的。”

“你的意思是常洛阳是也在这后面挖了条地道？”方法激动地问。

“这我敢不确定，但我想我们应该看下它的背后。”我心里虽然存有这样一种假设，但直觉又告诉我整件事远没有那么简单。

书法的位置比较高，方法搬了张椅子站在上面把书法拿了下来。

“真的有一个洞！”方法大声地叫了起来，“洞从墙壁往下，深得看不见底，应该是通往地下水道的！”

终于查明常洛阳消失之谜本应是件值得高兴的事，但是不知为什么我的心却突然有一种失落感。潜意识里感觉这起古怪的案件不该如此简单的就草草收尾了。

狱警看到那个漆黑的洞也变得十分兴奋，马上用呼叫机联络总部，让他们派人速度前来处理监狱的失踪案。

但监狱的领导还没赶来，方法已经沮丧地从墙壁里钻了出来，“洞还没有通。”

“应该是这样的！”我有点幸灾乐祸地说，“常洛阳一定找到了更好的脱身办法！”

“什么？洞没有通？什么意思？”狱警十分不解，于是亲自从那幅书法下钻了进去，一会也灰头土脸地钻了出来，“这洞真他妈深，恐怕挖了好几年，我都听到下水道的水流声了，再多挖个十几公分就能从下水道出去了。”

“但他停止了行动。”我琢磨道，“常洛阳用了一个更轻松而且不可思议的办法从这里逃了出去。”

“什么办法？”方法问。

“暂时不知道。”我摊开双手无奈地说。

“哼。”方法鄙视地用鼻子回应我。

“我们先看一下这幅书法。”我大人不记小人过，“这是四个字是草书，分别是神，米，二，笔……对吧？”

“神米二笔？”方法问，“这是什么意思啊，我知道大书法家有米芾和二王，但这幅书法到底要表达什么意思？”

“我也不清楚。”我抬头望着那幅书法。

这张书法的确是龙腾凤矫，笔大如椽，那种纵横天地的气魄确实有摄人心魄的能力，我隐隐感觉到曾经在哪里也产生过这种类似的震撼，但一时又想不起来。

“神米二笔是什么意思呢？”我说，“这幅书法一定是蕴含深意的作品，不可能只是信笔涂鸦之作。”

“先把它拍下来，回去找个书法家看下，或许能知道里面隐藏着什么线索。”方法建议道。

我举起相机刚拍了一下，闪光“唰”地一闪。与此同时，脑海中也是灵光乍现——这四个字根本不是神米二笔，而应该是“神来之笔”！

“方法！是‘神来之笔’！”我兴奋地叫了起来。

方法刚开始还莫名其妙：“什么神来之笔？你在构思新小说？”

“是这幅书法！”我指着墙壁上笔酣墨饱的书法。

“噢！”方法琢磨道，“的确是‘神来之笔’。但这又有什么含义呢？”

“神来之笔，可以用来形容文章中特别精彩传神的精髓部分，仿佛是受到神灵的启示一样。”我说。

“呵呵，小时候我学到这个成语，还一直以为它是指神仙的笔。”方法说。

“神仙的笔？”我好像抓到了什么线索，“对了，这些笔墨纸砚是狱方提供的还是他的亲人带进来的？”

“当然是他亲人带进来的。”狱警说，“这么多年，我还真没见过亲属带这些玩意儿来探监的，不过效果倒是不错。常洛阳刚入狱时脾气十分暴躁，有好几次甚至想自杀，但自从有了这些笔墨纸砚，他的脾气也渐渐缓和了不少，他经常独自沉思，好像在思考一些很严肃的问题。”

“他有什么很古怪的举动或者什么古怪的事情发生吗？”既然常洛阳并非通过那个洞逃走的，那么一定有更隐蔽的方法，我需要足够的线索。

“说到古怪的事，他好像非常尊重笔。”狱警说，“我们规定每个月会向他询问思想汇报，记录他的监狱生活之类的。在写报告的时候，要是不小心把笔掉到地上，他会非常不高兴，甚至为此和狱警大吵一番，然后小心翼翼地拾起笔，擦了又擦，仿佛笔是什么稀罕的宝贝似的。”

“很尊重笔？”我琢磨道，“这么奇怪的行为？”

“对啊！”狱警回答说，“刚才听你说这幅书法叫神来之笔，我就觉得常洛阳把笔当成了神一样……”

“笔神？笔仙？”我不由想起了冷梅失踪前的那个奇怪的游戏。

就在我想再多了解一些有关常洛阳的事的时候，我们被告知申请的体验时间已经到了。我和方法只好依依不舍地离开了监狱。虽然“依依不舍”用在离开监狱实在有些怪异，但当时我们的确希望能在监狱里多呆一会，毕竟这样接触案发现场的机会也许只有这一次。

就在我们离开监狱后的第二天，我坐了三天两夜的火车和长途汽车到一个荒凉的山村去拜访一个隐居的书法家——赵夜白。

赵夜白并非从小就出生在那个山村里，只因为他是个怪人所以才独自一人跑到山村野外去居住，他住在一个叫苦荷轩的偏僻田园，离群索居。房间里没有任何现代社会的产物，连上厕所都要跑到村头的茅厕解决，案台上供着孔子的像，房间里倒是窗明几净。他一个人种田、养菊、写字、练气、修身，过的完全是古人的隐逸生活。

我们席地而坐，拱手为礼，他斟茶敬我，法度尊严。

礼仪过后，我拿出相机，调到那幅“神来之笔”的书法向夜白求问。

他深思熟虑了许久，给了我一个意想不到的结论：“这幅书法绝对不可能是常洛阳写的。”

“怎么可能？监狱里只有他一个人，他的亲人只是给他带工具进去，除了他还能有谁写出这副书法？”

夜白被我提出的问题也弄得一头雾水，于是又把我相机里的其他书法全部看了一遍，阅毕后他更加笃定道：“其他的书法可以认定是出自同一人之手，但唯独这幅‘神来之笔’，作者绝对另有其人！书法的结构、气度、走笔、行法、意境都不是一个人！”

“那这幅书法会是谁写的？”我刚问完，就觉得这个问题实在是强人所难，独坐荒村的夜白怎么可能认识字的作者呢？

但夜白却又仔细地揣摩了一下，神情严肃地道：“是怀素写的。”

“怀素？”我莫名其妙，“是什么人？”

“怀素是唐朝时的名僧，是玄奘法师……哦，也就是唐僧的弟子，东塔律宗的创始人。”

“这怎么可能？”我惊讶地问，“这幅书法居然出自一个古人之手？”

“这我就不清楚了。”夜白拿出了一本书法帖，翻到怀素文字的那页，“你看，一模一样！”

我接过书帖一看，的确是一模一样，每一笔的轻重缓急都和常洛阳那幅如出一辙。

书法讲究深浅、浓淡、干湿，因而是很难模仿的，毛笔那么多毛，只要有一条走歪了一点，力度用得过大或过小，写出来的字就不一样了，所以理论上来说，不可能有两个字是一模一样的。由此得到一个结论——常洛阳牢房里的“神来之笔”并不是他写的！

我荒唐地问：“难道常洛阳是怀素的转世吗？”

“我不清楚，但很多画家、书法家天赋异禀，两三岁就能吟诗作画，文坛里有时私底下也有某人是某前人的转世之说。”夜白笑着说，“以前就有人说我是赵孟頫的转世，但实际上我的确是他的后人。”

我又问了一些关于书法和笔的历史，夜白的学识渊博让我佩服得五体投地，但关于常洛阳的失踪案，他也是百思不得其解。

我刚走出夜白的苦荷轩，就接到方法的电话。

因为在山村，信号不是很好，方法喘着气的声音在我听来非常得模糊：“我……到……洛阳了！”

“什么？你到洛阳去？”我一时没反应过来。

“不是……找，找到……常洛阳……”

“在哪里找到的？”

“西……”

“西瓜？”

“我还冬瓜呢，你这傻瓜，我说在西……”

“西藏？”

“你什么破信号啊！一会发短信给你吧！”方法恼怒地挂断了电话。

心急如焚地等了半天，终于收到了千里之外的消息，简单清楚的两个字：“西安。”

见到方法是在三天两夜后。

这几天里，我内心百般焦急，恨不得立刻插上翅膀飞回城市里去。

在长途车上的时候，我用笔记本电脑通过QQ和方法聊天，所以也知道了常洛阳被捕的整个过程。

莫莫摸摸魔魔（我的网名，下同）：在吗？我还在车上，一天后才能到。

方法师捉鬼（方法的网名，下同）：在，刚从西安回来，把常洛阳也带回来了。

莫莫摸摸魔魔：他怎么会出现在西安？

方法师捉鬼：不知道。

莫莫摸摸魔魔：有问到什么线索吗？

方法师捉鬼：没有，他已经疯了！

莫莫摸摸魔魔：疯了？你确认真的是常洛阳吗？

方法师捉鬼：确定，刚刚比对过指纹，已经确认是他本人无疑。

莫莫摸摸魔魔：这里到西安也算千里迢迢了，交通线上都没有记录吗？

方法师捉鬼：不是飞机，也不是火车，很有可能是长途汽车去的，当然，也有可能是走过去的。

莫莫摸摸魔魔：走过去？你不如说是坐传送门过去的。

方法师捉鬼：确实有些地方很怪，西安的警方说他很爱吃饼，还问我们当地是不是有什么特产饼之类的。

莫莫摸摸魔魔：饼？常洛阳很喜欢面食？怎么无端又冒出这么多稀奇古怪的线索了？

方法师捉鬼：不和你说了，我现在要去调查常洛阳的失踪之谜。他的案子虽然不大，但是莫名的失踪让上级以为是监狱和警方的失误，搞不好弄个大处分，我的前途就完了。

莫莫摸摸魔魔：你去吧，明天见。

方法师捉鬼：回见。

网络是个好东西，实现了古人千里传音的美梦。

和方法告别后，我试图在汽车上小睡一会儿，但是一路的颠簸和满脑的问题让我辗转反侧，久久不能入睡，好不容易熬到进城。

风尘仆仆的我马上飞奔至警察局，搞得值班的警察还以为我是被人抢劫了来报案的。

在方法的办公室里，方法向我描述了在西安抓获常洛阳的怪事。

“我们在网上向全国发布了通缉令，西安的警察一周前无意中发现一个乞丐长得酷似常洛阳，于是他们暗中观察了几天，经确定那乞丐确实是常洛阳，于是在一家饼店旁，成功地抓获了他。”

从亿万富翁到一贫如洗的乞丐，人生真是无常。

我感慨道：“他无端地从监狱里失踪，又无端地在西安街头出现，到底是怎么回事？”

方法说：“他疯了，被捕的时候嘴里一直不停地嚷着我的饼，我的饼……”

“西安的千层油酥饼很有名。”

“对！就是一家千层油酥饼店！”方法高兴地说，“你看，这是抓捕他时现场的照片。”

我一看照片，马上笑了：“我们都想错了。”

“什么？”方法不解地问。

“常洛阳说的不是饼！他说的是笔！”

“笔？”方法更加糊涂了，“又关笔什么事了？”

“你看，”我指着照片上的饼店隔壁，“饼店隔壁挨着是一家文具店，常洛阳是河南人，普通话可能带有一定的地方口音，他说的其实不是我的饼，而是我的笔。”

“笔？”方法似乎对跳跃性的思维很不习惯。

“是的，笔！”我确定地说，“这个离奇的案子一定和笔有关。”

说到这里，案情好像有了点头绪，但又好像一点头绪也没有。

方法说，“对了，你一个人跑去郊区干吗，还有那个‘神来之笔’有什么线索了吗？”

我这才把去拜访赵夜白，以及那书法是怀素所写的过程简单地给方法说了一下。在说话的时候，我还一边翻阅着在西安跟踪常洛阳时拍的一些照片，突然，眼前的一张照片吸引了我的目光。

“这是哪里？”我指着一栋亭式的古代建筑物问。

“这是碑亭啊！”方法笑道，“西安那边的一个名胜。”

“是不是碑林的那个碑亭？”

“对！就是西安三学街陕西博物馆内的碑林！”方法想了想，“怪了，根据西安警方的调查，当地人第一次看到常洛阳就是在三学街附近的垃圾场里。”

“我想的果然没错！”我把这些天来发生的事情和得到的线索全部整合起来，终于对整起案件有了一些眉目，不由对自己的发现感到有些兴奋。

方法疑惑地问：“到底发生什么事了？”

“怀素，怀素！”我大叫，“碑林里是不是有怀素的字！”

方法当然不会注意这些问题，他看着我不知道怎么回答。

我马上拿起电话，但又立刻放了下来，赵夜白现在还在用蜡烛，家里怎么可能会装电话呢。

还是上网查比较快，我用办公室的电脑进入西安碑林的网站一查，碑林里果然有怀素的字碑。而且更让我惊讶的是，我居然找到了那幅“神来之笔”的照片！

我终于明白为什么我第一次看到那幅书法时会产生异样的感觉，写在纸上的书法应该是平面的，而我当时看到的却仿佛是立体的。换言之，我当时看到的并不是一幅书法，而是西安碑林里的这块石碑！

我把我的想法和方法沟通了一下，但方法根本不相信我的推论：“莫争，是不是你眼花了？是不是常洛阳临摹过怀素的作品。先暂且不论西安离我们这里路途遥远，石碑总不可能空运到监狱里去，最不可能的是石碑会变成书法挂在墙上。”

我被方法说得无言以对，确实他所说的都是实话。

但在我苦苦思考的时候，我突然捕捉到一个奇妙的灵感：“线索！那幅书法就是线索！常洛阳出现在碑林附近，其实在书法里已经透露出来了！”

“你的意思是那幅‘神来之笔’把常洛阳带到了碑林？”方法不敢相信我的猜测。

就在这时，我的电话突然响了起来。

三
只缘在画中
笔深不知处

电话是刘清兰打来的，我之前给她打过许多电话，要她一回学校就立刻带我去宿舍再看一次冷梅留下的画。于是我和她约好明天前去拜访。

“莫争，你觉得常洛阳为什么要去西安？”方法又问了我一遍。

“我前面说过秘密就在那幅书法里，书法已经透露他会在碑林的怀素碑旁出现。”

“你的想法太荒唐了。”方法说，“不过我觉得有必要再去监狱看一下那幅书法，或者我应该把它拿回来。”

“早就该那样做了。”我有点责备地说。

但后来的事情证明，这是一个天大的错误。

方法的办事很有效率，第二天早上他就带着那幅书法从监狱赶到我的住所。

“莫争，莫争，真是邪门了！这幅书法真的和碑林里的石碑一模一样！”方法一进我家的门就开始大声嚷嚷。

“常洛阳如果有办法把西安的石碑变到监狱里去，那自然也可以把他自己变到西安去。”

方法脸色大惊：“这太夸张了，那这世界上还又谁能禁锢得住他啊。”

“别怕，既然他现在又被你们抓住了，就说明他一定存在致命的弱点。”我沏了一杯茶给方法说，“喝口茶，我们先看看那幅书法再说。”

“好的，我还特地带了一个专门装字画的塑料筒小心地把它取回来。”方法自豪地说，“我办事一向很可靠。”方法小心翼翼地旋开字画筒。

但很快他的脸上露出万分惊愕的表情，他把字画筒用力地朝下倒了倒却不见有任何东西掉出来，方法又把眼睛靠进筒口朝里看了半天。

“怎么了？”我担心地问。

“不，不可能的啊！”方法急得像热锅上的蚂蚁。

“东西没了？”我突然产生不好的预感。

方法马上冲出我的房间，跑到楼前空地的停车场上，七手八脚地胡乱寻找着，我从窗口看到了他像只没头苍蝇一样团团转。

等方法像斗败了的公鸡回到我的房间。我轻声问："真的没了？"

"没了。"方法万分沮丧地说，"不可能的！我亲手把它放到书画筒里，一路上也没打开过，也没去过别的地方就直接过来找你，谁知……"

我仔细聆听他的话，反复思考书法遗失的可能性，推测道："因为这不是一幅寻常的书法。"

"太不可思议了！"方法用力抓着头，"我明明开车前还检查过的。"

"看到的不代表真实。"

"你的意思是？"

"你最好想办法问下碑林博物馆的那块'神来之笔'的碑石是不是曾发生过什么奇妙的变化？"

"什么叫奇妙的变化？"

"我怀疑常洛阳所写的'神来之笔'根本就是碑林那块石碑上的原物，如果碑林的碑石上那四个字是空白的，说明是碑石的原物到了监狱里，如果根本从未发生变化，那说明书法只是一张类似照片的东西。"

"好，我马上联系西安警方去问一下博物馆。"方法立刻开车离开了，临走前还把那个空的字画筒又看了一遍，似乎和抱有那书法能再神奇地出现的希望。

当然，那书法再也没有出现过。

这时我又陆续接到了小霞、李萍和柳小凤的电话，她们也都已经返校了，通知我下午就可以去学校宿舍。

已经是中午，我开车直奔学校，车上的广播还在不停地播放着冷梅的寻人启事。

按照常理这么大规模地搜索一个人，又有如此重金作为悬赏，如果说这样还找不到冷梅，那的确有点说不过去了。如果她早已不在国内，却又没有任何的出境记录显示冷梅已经离开中国。而隐藏一个人最简单的方法就是杀了她，将尸骨埋在某个地方……

还有，冷爸爸为什么不把冷梅的东西拿回去呢？

作为一个商人，他可能认为宿舍里的那些东西根本不值钱，没有拿回去的必要。但是女儿却是最重要的，不过，在女儿失踪之前，恐怕他也只是用金钱和物质来弥补冷梅的孤单，而从没考虑过如何给冷梅真正想要的家庭的温暖。

穷人的痛苦是相同的，富翁的痛苦却各有不同。

匆忙赶到宿舍，刘清兰她们热情地接待了我。

我抬头望向那幅雪山画，它还是孤零零地悬挂在墙上，而三个女生的表情都很古怪。

“你们怎么了？”我疑惑地问。

“不知道为什么，我们只要视线一触及这幅画就顿时感觉遍体生寒。”刘清兰抱着肩膀说。

“我一看就起鸡皮疙瘩，简直像被关在冰柜里一样。”李萍的比喻很形象。

“我老是会想起冷梅，有时仿佛感到她依然睡在我的上铺。”柳小凤心有余悸地说，“还记得背靠背的故事吗？”

“去去去，别瞎说！”李萍怪道。

我浑身打了个冷战，这个发生在宿舍的鬼故事我也听说过，讲述的是一个下铺的女生失踪了，但上铺的女生每天都听到下铺的女生的声音，不停地重复："好姐妹，背靠背，好姐妹，背靠背……"

上铺的女生百思不得其解，终于有一天去收拾下铺女生的遗物，把头探到蚊帐里，一看，那个女生已经被死死钉在上铺床板上，每天晚上和她背靠背了……

我当然没有把这个恐怖的故事说出来，但就在这时，我突然发现那幅雪山画上出现了一丝怪异的现象。

"这幅画你们有人动过吗？"我瞪大眼睛问，沿着背脊爬上来一阵寒意。

"没有啊！"李萍说，"我晚上睡觉都是头向里侧，连看都不想看它一眼。"

"怪了，怎么画好像和我上次来时看到的不一样了，似乎有什么地方发生了变化？"

"什么变化？"三个女生被我的话一惊。

"血，画上有血！"我小心地踩在椅子上，"你们看，在那个山崖旁，有一个血点。"

"不会是你看错了吧。"刘清兰脸红着说，大概是想起了上周我出糗的事……

"你们自己上来看，白雪皑皑中的一点红色，实在是太显眼了！"我指着画上的红点坚定地说。

"怎么可能？"柳小凤依然不信画会自己发生变化这样的鬼话。

李萍也不敢靠近，她爬上对面她自己的床铺，然后怯生生朝对面床铺上的话瞟了一眼，就那么一眼，李萍的脸色霎时变了样："不会是什么红色的小昆虫吧。这幅画给我的印象太深了，多一个点我绝对认得出来！”

“不是，是一个红点。”我确认说，“是不是你们谁恶作剧加上去的？”

三个女生面面相觑，就她们刚才的反应我相信她们的惊恐并非伪装出来的。

柳小凤似乎与冷梅的关系比较好，她轻盈地攀上床沿的铁架，仔细地盯着画看了足足一分钟。她的瞳孔渐渐放大，嘴也伴随着张得老大，她又惊又喜地大叫：“冷梅！看！我看到冷梅了！”

“什么？你在说什么？”我丈二和尚摸不着头脑。

“那，那个红点。”柳小凤激动得说话都有些结巴了，“那个红点是件红风衣，是冷梅最喜欢穿那件红风衣！”

“你说什么！”我顿时口干舌燥，“你是说冷梅跑到画里去了？”

“啊，我在说什么？”柳小凤一下子被我不可思议的提问震住了，“怎么会这样？冷梅在画里？”

我爬上冷梅的床，足足盯着那幅画看了五分钟。眼前的画面每一秒似乎都是真实存在的，那的的确确是一件红色的风衣，我甚至能清晰地窥见风衣后的帽子在风中微微飘扬，而冷梅在红色的环绕下，站在雪山的悬崖边孤独地凝望远方。

这简直是一部科幻小说！我心中的疑惑和猜测让我失去了冷静的表达力。

“怎么会这样啊？”李萍害怕地说，“难道是请笔仙的惩罚和反噬？”

“又是笔？”常洛阳那幅“神来之笔”的蹊跷再加上到目前为止发生的一系列古怪，“笔”这件看似普通的东西却不断萦绕心头无法散去。

“是啊。”刘清兰责备李萍说，“我早就感觉那支破笔来历不明、阴气很重，你们还硬要用它来玩笔仙，这下惹祸上身了吧。”

刘清兰的话音刚落，我就发现上次来宿舍时忘记了一个很关键的线索——笔！那支古笔的来历！

“你们最早是什么时候看到冷梅的那支笔的？”我问。

“好像是去年。”李萍迟疑了一下说。

“大概是暑假过后。”刘清兰补充道。

“我问过冷梅。”柳小凤说，“她说是她暑假出去旅游时买的。”

“她去的哪里旅游你知道吗？”我追问到。

“这个我也不太清楚。”柳小凤思索了一下，“冷梅去过许多地方，有时上午在敦煌，下午就在长白山了。”

“她难道没有留下什么照片吗？”如果有照片的话就可以知道她去过哪里了。

“一张也没有，以前就说过她从不拍照了。”柳小凤回答。

“没关系，我可以叫人去航空公司查一下冷梅在去年暑假都去过些什么地方。”看来唯有退而求其次，选择比较麻烦的办法了。

“这有点小题大做吧。”刘清兰说。

“不，我的直觉告诉我冷梅的失踪和那支古笔有着莫大的关联。”我说，“玩笔仙那天之后，有没有再见过那支笔？”

“没有。”柳小凤摇头，“那支笔随着冷梅一起消失了。”

“笔也一起消失了？”我的心中似乎愈发确定冷梅的失踪和那支用来玩笔仙的笔有脱不了的干系。但是面前这幅画上的红点却又是凭空出现的呢，难道是我们四个人的集体幻觉，还是我们上次同时忽略了这个红点？

人消失后进入并出现在画中，这样的假设实在太耸人听闻了。

时间不早了，我必须离开女生宿舍。临走时李萍怯生生地说：“作家，要不你把这幅画带走吧，放在房间里怪怪的，我怕我晚上会睡不着。”

我想了一下确实也有道理，我小心地爬上床，伸手去取那幅画，当我的手指触碰到画中那座雪山的一瞬间，身边的一切化作一缕齑粉，陷入深沉的无边黑暗。

一股无比强大的吸力将我猛然拉扯进画中，我想尖叫却发不出任何声音！

漫天纷飞的霰雪连接了天与地，四周的层峦叠嶂被一片白雪皑皑所围绕，空气稀薄中浸透着寒冷，每一次呼吸都感到一阵冰凉。

一个身材高挑的女子孤零零地站在苍茫的雪地中，一袭红衣犹如一朵傲放的梅花。空中隐约传来雪候鸟的鸣叫，映衬着这无垠雪景的凄清幽冷。

“冷梅！冷梅！”我迎着北风大声呐喊，声音被呼啸的寒风吹散。

风声呼啸，雪花飘扬，冷梅背对着我，背影里尽是落寞和忧伤。

“冷梅！”大雪猛烈地击打我的身体，严寒中我身上的单薄衣服根本无法御寒。

我低头看向自己的双脚，鞋子已经完全淹没在雪地里，步履维艰。凛冽的寒气将我完全冻僵，根本无法再挪动一步，但我还是拼尽最后一点力气，用心中的热情大声呐喊："冷梅！回去！跟我回去！"

也许是天意，亦或是是灵犀，我精疲力竭的呼唤终于换回冷梅一个忧郁的回眸。

她淡然地回眸一瞥，幽怨无助的眼神让我如坠云雾。无瑕的雪花像婚礼的花瓣一样轻柔地飘在空中，氤氲的雪雾弥漫在四周，增添出一种蒙胧的美。只是我感到自己的意识也开始渐渐被寒冷吞噬，眼皮变得沉重不堪。

这是纯粹的梦境吗？我不知道。

我只看到冷梅的眼里写满了迷惘、痛苦、寂寞、无奈、幽怨……

"冷梅，跟我回去……"我的声音微弱得连自己都听不见，说完我只感到眼前一黑。

"莫先生，莫先生！"有人拼命地摇晃我的肩膀。

我逐渐回过神来，方才眼前的漫天大雪此刻已经消失不见，雪山中的冷梅也无影无踪。

柳小凤抓着我的肩膀大声喊："莫先生，你怎么了？不要紧吧！"

我从幻境中蓦然清醒过来，不知究竟是现实中的我穿越到了画中，还是画中的我回到了现实。

"我怎么了？"我懵懂地问。

"不知道，你说要带那幅画回去，但一碰到画就变得奇奇怪怪的，我们叫了你半天也不回答。”李萍用奇怪的眼神看着我说。

“你不会是中邪了吧！”刘清兰见事有蹊跷，“莫先生，我看这幅画你还是先别带走。要是冷梅的爸爸突然说要把冷梅的东西拿回去，我们也不好交代。”

“好吧。”我使劲摇了摇疼得快要炸裂的头，“但要麻烦你们随时观察这幅画，如果有什么新的变化，请马上打电话通知我。”

“好的。”三个女生异口同声地答应道，但脸上的表情却似乎透露出一丝不情愿，她们一定也希望是自己的眼睛看错了，而不是她们三人中的谁又突然消失，然后跑到画中去了。

“还有，这件事实在有些不可思议，大家一定要保守秘密，不要随便和别人说起。”我很啰唆地交代。

“知道了，你快走吧，要不大妈又要来赶人了。”刘清兰催促我说。

我只好无奈地先离开了女生宿舍，脚下的步伐不知觉中竟然有些摇摇晃晃，神智也恍恍惚惚地不太清醒，眼前所见的画面仿佛都在倾斜。

空旷的操场上，清冷的夜风迎面吹来使我的头脑清醒了许多，我坐在一棵尚未开花的梅花树下，突然感到脚底传来一股异样的冰凉。

我解开鞋带，把手伸进鞋里，拈出一片坚硬冰冷的东西，是一块坚硬的白片，刚取出便在我的指尖融化了。

我的大脑仿佛被雷击中了一般——雪！

难道方才的自己真的曾置身于那幅画中的雪山！

我根本不敢相信刚才的那种冰冷的触感所意味的事实，也不知这样呆滞地坐了多久，指尖的雪水早已被风带走。

我闭上眼睛，冷梅的那回眸一瞥清晰地浮现于脑海，最后的那一刻我似乎依稀瞥见她的眼角，那里悄无声息地落下一颗晶莹的冰泪。

浑浑噩噩中，我的大脑无法控制自己手中的方向盘，似乎只是凭借着记忆和直觉在朝家的方向行驶。

都市的夜色如梦似幻，我只感觉自己像是行走在一幅无边无际的画中，上帝是画家，而我们，都只是调色板上无足轻重的一点颜料。

刚到家，我就接到方法的电话。

方法的办事效率确实很高，这正是我非常欣赏他的一点。

“莫争，问到了问到了！”话筒对面的方法似乎很兴奋。

“问到什么了？”我决定暂时忘却刚才的事。

“问到了碑林博物馆的馆长，真是太难以置信了！”方法在电话那头激动地说。，“在去年有一段时间，碑林中怀素的碑突然变成了空白！”

“空白？”我失声叫道，“难道常洛阳真的千里迢迢把碑石搬到监狱里去了？”

“更奇怪的是，就在前天，那块碑石又莫名其妙地恢复到原来的样子。”

“前天？不就是你把那幅书法弄丢的那天？”看来我当初的猜测确实是对的。

“我真的无法想像！但博物馆的人却欣喜万分，本来碑石突然空白，他们害怕上级批评，一直假装养护，不让游客参观那块碑石，现在终于‘物归原主’了！”

“碑上的文字会消失也会出现，一个人会消失也会出现，按此推断，冷梅应该也会重新出现的。”我又开始在意刚才在女生宿舍发生的场景。

“你怎么又提起冷梅了？”方法奇怪地问，“这两件事真的有关联吗？”

“看起来是风马牛不相及，但只要有哪怕一丝相近的地方，我们就应该深究直到水落石出。”于是我把今天去宿舍的经历向方法简单地叙述了一遍。当然，我省略了我走进画中，并在鞋底摸到雪的经历。

我只是告诉方法画上突然多了一个红点，很有可能是冷梅留下的暗号，而后我又托方法根据冷梅的身份证号码去航空公司调查一下她去年的出游地点。

挂断电话后，我心中的疑窦反而更重了。

回想起整件事的起因不过是一起普通的失踪案，如果不是因为失踪的冷梅家庭背景特殊，也许我根本不会接触到这起案件。为什么我会对看似普通的失踪案抱有如此强烈的兴趣。我从钱包里取出那张李萍拍的冷梅的照片。我轻轻地抚摸着照片上冷梅的容颜，心中有一股异样的感觉。

照片上的冷梅让我不由想起在画中的雪山上那离奇的一幕，她似乎在那里等我，等我把她从太虚幻境中拯救出来，而我不知所措。

我打开西安的旅游网站，目光停留在碑林错落的图片中。

“神来之笔”从空白恢复原貌，而且时间恰恰是那幅书法消失的那天！西安是常洛阳重新出现的地方，那冷梅是否也会重新出现在那里呢？

我的脑海中突然冒出一个决定，我要去一趟西安。一来我要去亲眼看看已经恢复原状的那块“神来之笔”；二来我要尝试下是否会与冷梅在西安某处邂逅。

飞机像一支巨大的钢笔在万米高空划出华夏文明的痕迹。从飞机上俯瞰，蜿蜒的黄河如同中国地图上笔饱墨酣的一笔。

三个小时后，我抵达西安咸阳国际机场。来到这座古都，心境一下子庄重起来，仿佛每一步踏上的都是先人的足迹。

因为买的是第二天的返程机票，我没有多余的时间去参观其他的名胜古迹，而是选择直接打车前往碑林。

西安碑林坐落于著名古城西安市的三学街，它是我国收藏古代碑石墓志时间最早、名碑最多的一座艺术宝库，享有“书法艺术故乡”的美誉。

到了三学街附近，就有许多商贩向我兜售一些书法帖子，我择优买了一些准备回去送给夜白。更幸运的是，我居然毫不费力就找到了那家卖千层油酥饼的百年老店。

我正好因为长途飞行有点肚子饿了，于是买了几块，千层油酥饼层次分明，色泽金黄，脆而不碎，油香不腻而著称，被誉为“西秦第一点”。难怪西安的警方当时会误会常洛阳喊的是“我的饼”。

解决完肚子的问题，我走进隔壁的文具店，店内的笔倒也都制作精美，有狼毫、牛毫、兔毫，还有从日本进口的人毫，与和蔼的店主交谈了一会，原来这店才开业一年，和西安的其他文具店也没有什么不同。我有点失落地离开，到对面买了门票进入碑林。

碑林里汇集了古代的文献典籍和石刻图案，是中国古代文化的活化石，里面珍藏着许多弥足珍贵的书法石碑。最早的有宋代摹刻的秦峰山刻石，原碑为秦国丞相李斯所书；东汉中平二年用隶书刻的“曹全碑”；出自大书法家蔡邕以汉隶书写的“汉熹平石经《周易》残石”等。

不仅有书法，碑石上还有精美的图案花纹，石刻艺术室和游廊还展览陕西各地的石刻石雕珍品。这里陈列的唐代工艺石灯十分引人注目，灯分九层，无论造型还是图案都十分精美。此外，还有出土移此的东汉石刻墓门，唐代石椁。石椁阴刻的星相乐舞，仕女图，椁外浮雕彩绘文武侍从和骑龙驾凤仙人，都是历史和艺术珍品。当然还有一个高2.5米、重6吨的景云大钟，每年除夕之夜，中央电视台发出的钟声就是源于此钟。

我在唐朝的碑石前驻足许久，那是一个书法名家辈出的盛世。楷、草、隶、篆，百花齐放，群星争辉。

终于我怀着敬意与疑问来到著名草书家怀素和尚的石碑前，他笔意奔放、流利洒脱、深透佛理。

看了半天，却并没有找到那块刻有“神来之笔”的石碑，我只好求助于一位戴眼镜的工作人员，从工作证看到她姓黄。

“小姐，请问有没有一块怀素的碑石，上面刻有‘神来之笔’四个字？”我诚恳地问。

话一出口，黄小姐的脸色就大变：“你怎么知道有这块碑，你找它做什么？”

“我从史书上看到的，所以特地从外地来观摩的。”

“那块石碑……”黄小姐欲言又止。

我真诚地和她交流了一会儿，她这才慢慢放下了戒备：“或许你确实与这块石碑有缘，要是早几天来，你是见不到那块石碑的。”

如此说来，方法所说的发生在石碑上的奇怪现象应该是确有其事。我怀着无数疑问跟着黄小姐走进一个不对外开放的内部展馆。

在那块石碑成为空白的期间，博物馆害怕上级追究而假装养护，把石碑移到了内部展馆。

昏暗的房间里，散落着一地的残碎碑石和一些零散的拓片，黄小姐指着一块石碑对我说：“这就是你要找的那块‘神来之笔’。”

我的心怦怦直跳，仿佛是来与失散多年的亲人相认。石碑背对着我，静静地呆在那儿。我缓缓绕到它的前面，虽然心中早已做好思想准备，但当目光触及碑上文字时，我还是震撼得犹如被一道闪电击中——是它！真的是它！

这块石碑上的字和我在监狱里看到的那幅书法一模一样！

“先生，你没事吧。”黄小姐善意地说，“是不是太闷了，要不要出去透透气。”

“不，不用。”我拿出随身带的万金油，但可能太激动了，我的手一抖，钱包掉到地上，里面的硬币都滚了出来。

黄小姐优雅地俯身帮我把钱包从地上拾起，又帮忙找回散落的硬币，她把钱包打开想把硬币放进去时，却突然露出奇怪的表情：“这个女孩……”

“什么女孩？我感到很奇怪，接过钱包一看才发现原来我把冷梅的照片放在了里面。

“你认识她？”我激动地抓住黄小姐的手腕，“快告诉我，她现在在哪里？”冷梅这条线索的突然出现让我变得有些过于兴奋。

“先生，请你放手。”黄小姐两腮泛红，挣扎着道。

我立刻意识到自己的失态，连忙松开黄小姐的手：“对不起，我刚才太激动了。麻烦你告诉我这个女孩的下落好吗？她对我很重要！”

“你是她男朋友吗？”黄小姐狡黠地笑着。

“我，我……”我虽然和冷梅素未谋面，但心底却总对她怀有一种异样的好感，我懒得再多做解释，于是点了点头。

“你啊你，怎么能让女朋友一个人大老远地跑来旅游呢，怎么不多陪陪她？”黄小姐见我承认了，不免有些嗔怪地说。

“她现在到底在哪里？你为什么会认识她？”我不理会她的态度，冷梅的下落对我来说至关重要，打听到这个才是最关键的。

“你是她的男朋友都不知道，我一个陌生人怎么可能知道呀？”黄小姐可爱地狡辩道。

但是我却没时间和她绕弯：“你要是不认识她，怎么会认得她的照片呀。”

黄小姐看我一副郑重其事的样子，只好顿了一下，认真地回忆说：“因为她来碑林的那天刚好是我第一天上班，她的外表一下子就吸引了我。而且她似乎对书法很有造诣，非常认真地端详每块石碑上的作品，通常现在的女孩子根本不懂书法，就算看也多半是走马观花罢了，所以我对她印象非常深刻。”

“是吗？你看到她大概是什么时候？”

“去年七月，大概是十五号。”黄小姐认真地说，对我这样一个素不相识的人她没有说谎的理由。

我在那块神秘的石碑旁看了许久，这么说来，冷梅确实曾来过西安，这是不是意味着冷梅和常洛阳确实可能有联系。可是一个是大学还没毕业的年轻画家，一个是精明世故的古董贩子，两个人怎么会扯在一起呢？

黄小姐咳嗽了一下：“莫先生，您看好了吗？这块石碑再过几天就会移到外面正式展览，如果您想看，随时可以再来。”

“谢谢，真是麻烦你了。”得到些许线索的我只能准备离开内部展馆。

刚踏出门槛，博物馆的广播忽然响了起来：“尊敬的游客们请注意，哪位刚才在游廊遗失了一个钱包，请失主立刻到办公室来领取……”

就在这时，黄小姐突然想起了什么：“莫先生，你等一下。”

“怎么了？”

“我突然想起一件事，那个女孩参观的时候捡到过一支笔。”似乎是广播里的失物招领提醒了黄小姐。

“一支笔？”我顿时停下前进的脚步，身上的鸡皮疙瘩冒了出来，“是不是一支古色古香的，上面刻着篆书的笔？”

“那支笔确实看上去蛮古老的样子，”黄小姐说，“但我可以肯定那上面刻的不是篆书。”

“冷梅拣到笔你又是怎么知道的？”我的口气有点冲。

“呵呵，莫先生，你不要这么急。她只是捡到一支笔，又不是捡到一个男朋友。”黄小姐打趣说。

“哈哈！”我尴尬地笑笑，“真不好意思，我确实是在太紧张了。不妨告诉你吧，冷梅已经失踪快两个月了，我实在很担心她。麻烦你将有关她的事再仔细回忆一下吧。”

“抱歉。”黄小姐沉默了一会儿，在我的示意下继续说下去，“冷小姐无意捡到一支笔，所以就交给我，她本来以为是博物馆丢的，但博物馆里只有石头石碑，根本不展出笔，所以我和她说可能是哪个游客掉的。”

“那后来那支笔呢？她带走了还是交给你了？”

“她本来是想交给我的，但我没有收下。”黄小姐似乎对我突然如此在意一支笔而忽略了对冷梅的关心感动有些诧异，“因为我觉得一支笔实在不怎么重要，或许只是某个游客在门口买了后又随意丢弃的。而且冷小姐看起来似乎很喜欢那支笔，于是就把笔带走了，并留下一个电话号码，说如果有谁来找那支笔，可以联系她，她马上完璧归赵。”

“也就是说笔在她手上？”我问，“她留下的电话是多少？”

“是的，只是一支笔而已，你为什么这么紧张？”黄小姐一边问我，一边去翻通讯录。

“我，我……”我本来想把笔仙的事说出来，但想想还是算了。毕竟这事情太过离奇，即使说出来也不会有人相信。

不一会，黄小姐找到了冷梅留下的电话号码。

我立刻拨了过去，可惜却是宿舍的电话，看来这个千金大小姐连手机都不用，果然有远离尘世的倾向。

接电话的是刘清兰，她知道我在西安就念叨着要我给她们带一些特产小吃回去，三个女生在电话那头像卖菜一样吵吵嚷嚷，我只有先敷衍着答应她们所有的要求，然后失望地挂断了电话。

再呆下去也没有什么大的意义，我十分真诚地感谢黄小姐给予的帮忙。

离开的时候，黄小姐调皮地对我说：“莫先生，冷小姐是个好女孩，你一定要加油找到她哦！”

“好！”我答应道。

四 登山队遇险

从西安回来，我一下飞机就约了方法在茶馆碰面。

“我去航空公司调查过了，去年的七月份冷梅去过敦煌、西安、成都、拉萨等地。”方法拿出一叠机票的订购纪录。

“西安的那张机票是几号的？”虽然我早已知道答案，但是还是需要确认清楚。

“7月13号。”方法顿了一下高喊道，“原来你早就猜到她会去西安！”

“是的，我刚从西安回来。”我笑着从包里取出些西安特产送给方法。

“常洛阳在西安莫名出现，你觉得他和冷梅到底是什么关系呢？”

“我不清楚，常洛阳是在去年什么时候突然从监狱消失的？”

“大概是六月份。”方法回想了一下回答。

“常洛阳一直在西安流浪了大半年才被抓获，这么算来，他们俩人在西安见面的可能性是存在的。”我推测说。

“不可能。”方法说，“我调查过，冷梅西安纯粹是以旅游为目的，绝不会是为了见一个越狱的古董贩子。”

“你说得没错。他们理应并不相识，只是出于某种机缘巧合才产生了某种交集。”想到这我的头又开始痛起来，“一个人现在抓回来了，一个还生死未卜……”

“抱歉，旅途劳顿，我得先走了。”我状态不好，先行告辞。

方法突然严肃地叫住我：“莫争！”

“什么事？”我迷迷糊糊地走路，差点都撞到茶馆的柱子上。

“你有事隐瞒我！”方法直截了当地说。这是审问犯人的一招妙计，称为“当头一棒”！心里有鬼的嫌疑人很容易就会露出马脚。

“我？”我感到莫名其妙。

“你背着我去过冷梅的宿舍！”方法坦白地说，“这件事本来和你毫无关系，但你却有如此大的兴趣。你总不会是嫌钱太多，为了看一个石碑就千里迢迢飞到西安去吧！”

我顿时呆住了。

“你一定另有企图！”方法得寸进尺。

“我有什么企图！难不成常洛阳在那里还有一个藏宝图，我要费劲心机抢过来？”我暗讽方法个笨蛋。

“不排除这个可能！”方法的口气居然还很认真……

“我，我……”我被方法搞得哭笑不得。但他的推论也不无道理，我对这一系列案件的关注程度确实有点不符合常理，因为我并没有理由非要去趟这潭浑水。

“要不是当你是朋友，我现在立刻踹你一脚！”我生气地说，“这事明明是你先有求于我，现在反倒责怪起我来了，你这种过河拆桥的人我还真没见过呢！”

方法盯着我的眼睛看了足足一分钟。我知道，一个优秀的警察完全可以从一个嫌疑犯的眼睛里看出他的心虚。

但我的眼睛里只有被误解的愤怒和对他的不屑，周围品茶的客人都奇怪地看着我们。

愣了半天，方法终于咧开嘴尴尬地笑了：“对不起，我只是觉得你对这事关注得太多了。”

“好奇心是人与生俱来的本能，更何况我是个需要灵感的作家。”我指着方法的鼻子叫道，“以后不要再试探我的诚意，否则就当我从来没认识你！”

我不理方法，扬长而去。

“莫争，谢谢你的特产！”方法在身后惭愧地谢道。

回到家里，还没打开门，我就发现出门时卡在门缝里的头发掉到了地上。

屋里有人！

我的第一反应是方法派人监视我，但马上我否定了这种想法，因为我隐约闻到空气里有淡淡的香水的芬芳，那是少女所特有的气息。

我的脑海里顿时冒出一个更奇怪的想法，难道是冷梅出现在我的房间里？可是我和她根本不认识，她又怎么可能出现在我的房间里？看来的我的臆想症不浅，我苦笑着摇了摇头，最近发生的事情实在是太诡异了，迫使我的精神一直处在焦虑与不安之中。

房间里到底是谁？

打开了门，我装作若无其事地走了进去。

突然，一个黑影从身后以迅雷不及掩耳之势偷袭而来，眼看就要击中我的腰部，我一个前滚翻滚到书架旁，谁知那偷袭者一个鱼跃，鬼魅般地跟随而来。我双手支地，双脚腾空一个高难度的野兔蹬鹰，这是地趟拳中的一招精华。那偷袭者果然上当，猛扑过来，我一脚踹中她的膝盖，但她居然敏捷异常地用手一拨。我双手支地倒旋，一个街舞动作般横扫千军的“airfly”，对手见无法得手，后跃一步，像蜘蛛一样牢牢地贴在书架上。

此刻偷袭者就在我的头上，我的一切行动都在她的掌控之中，我在黑暗中一动也不敢动。我深知谁先沉不住气，一出手就落了半招。

现场的气氛异常紧张。但我一直觉得空气中隐隐有芬芳的味道。我的鼻子很灵敏，“飞驼侠”的外号就是这么来的。

对峙了半天，我终于失去了耐心，决心背水一战！

就在我要动手的那一刹那。

“咯咯……”在黑暗中突然传来铃铛般的笑声。

蜘蛛轻盈地跃下书架，“啪”的一声打开房间里的灯。

我哈哈大笑：“莫小筝同学，你太调皮了！”

看过《异龙》的朋友一定知道，我有一个妹妹旅居西班牙，芳名小筝。

“哈哈，一定吓了你一大跳吧！”小妹嘻嘻哈哈地笑道。

我上前张开双手，疼爱地拥抱了一下妹妹。

“怎么突然回国也不告诉我一声？”

“少臭美，我不是回来看你的，只不过是来亚洲登山，顺便回来拿你欠我的钱。”

说来好笑，小妹小时候读书很不认真，为了激励她我就常常开些空头支票，比如说写一篇得优的作文以后给她在山上盖一个阁楼，数学一百分就送她一间巧克力店，或者一个汽水游泳池，要是帮我洗碗等以后她结婚了我就帮她请十个菲佣等等。

这些陈年旧账算起来，我欠小妹的已经是永远都还不清了。说起这些好笑的事情，我们兄妹俩仿佛又回到了单纯美好的年少时光。

“要钱没有，要命倒有一条。”我耍赖道。

“唉……”小妹幽怨地叹了口气，“这个世界上那么多人为了金钱奔波操劳，甚至不惜用健康、灵魂、生命来满足那些虚无肤浅的欲望，这又何苦呢？”

“你怎么了？烧坏脑子啦？”我摸摸她的额头，“怎么突然说这么深奥的话？”

小妹为了躲过我的魔掌，往后跳了一步，不小心撞到书架旁的一个花盆上。

“哎呀！”她捂住脚，痛苦地蹲在地上。

“怎么了？你以前的腿功很好的呀，刚才那蜘蛛爬墙还那么有型。”我心疼地俯身把她抱到沙发上。

“我脚上的旧伤复发了……”小妹难受地说。

我心如刀割：“发生什么事了？谁在飞机上踩你了？他就是八爪章鱼我都杀过去把他好好教训一顿！”

“哈哈”小妹开心地笑道，“哪个王八蛋吃了豹子胆敢动我啊！还不被我一脚踢到北极喂熊去！”

我取过药箱，替小妹解开皮靴帮她查看伤口。

一脱下鞋，我立马倒吸了一口冷气。

小妹原本小巧玲珑的玉足现在却满是青黑的淤伤，不但肌肉有些萎缩，甚至还脱落了几片指甲，我感到揪心的疼。

“你的脚怎么会这样？”我几乎要哭出来。

“没事啦，哥。”妹妹安慰我，“我能蹦蹦跳跳地回来，还能学蜘蛛爬墙，已经是赚到一条命啦！”

“到底怎么回事？”听妹妹的口气，似乎经历了九死一生的凶险。

“说来话长。”小妹装作若无其事的样子却更让我心疼，在我的强烈坚持下，她开始诉说遭遇的那段离奇的探险传奇。

一个月前。尼泊尔。加德满都机场。

从马德里起飞的航班准时降落，莫小筝满面春风地走出机场，早已等候在机场的印度人奇摩，美国人布鲁还有英国人特来西热烈地迎接了她。

这三个男人都是职业登山家，因为一次攀登珠穆朗玛峰的计划而相识。

尼泊尔是一个著名的高山王国，尤其以其高耸入云的雪山而闻名世界。每年去尼泊尔的登山探险者数以万计，旅游业也因此成为尼泊尔一项重要的经济来源。

顺便提一下，尼泊尔的气候基本上只有两季，每年的十月至翌年的三月是旱季，晴空万里，舒适干爽；每年的四至九月是雨季，其中四、五两月气候尤其闷热，滂沱大雨蔚为壮观。

小妹是去年十二月到达尼泊尔的，这本来是旅游的最佳季节。但请不要忘记生性好动的她是来登山的，这时一场突如其来的寒流让尼泊尔全国温度急剧下降，从住宿的酒店向远处眺望，喜马拉雅山脉一片大雪冰封，如同神仙的禁地。

在温暖的五星级宾馆憋了足足一个礼拜，享受了无数美味佳肴的小妹终于按捺不住，气温才稍微转暖，小妹就迫不及待地提出要去登山的计划。

因为她的旅游签证只有十天，十天后不走就是逾期居留，要是不想被罚款就只有翻越喜马拉雅山来中国投奔我。

于是三位职业登山家为此开了一个小小的会议。印度人奇摩强烈反对此时去登山，因为他认为不顾恶劣的天气去探险是对神的挑战，在印度教里是绝对不允许的；英国人特来西也站在奇摩这边，而且还用伦敦音幽默地说：“千万不要随便拍上帝的屁股，他放出的屁足以引起一场雪崩。”

而美国人布鲁则坚决赞同小妹的提议，他是个不畏惧死亡的家伙，曾经徒手攀登过帝国大厦，而且他是个西方社会里罕见的无神论者，他认为越是艰难的自然环境越能体现人性的价值与光辉。当然，印度人奇摩和英国人特来西都认为其实他是在讨好小妹。

会议辩论得十分激烈，涉及到了天气、宗教、地理、生理、政治等许多方面的考虑。结果仍然是2：2。但因为小妹是女性，所以那群绅士的西方人最后勉强同意了登山的建议。

小妹是个古灵精怪的人，她不稀罕攀登上什么天下第一峰，她想登的只是一座前人都未登过的雪山。

那三个登山家毕竟都是专业人士，拿出地图商量了好一会，找到一座高达七千多米的雪山，它的名字又长又拗口，但直译过来叫做“神笔山”。

“为什么叫‘神笔山’？”小妹问。

特来西和布鲁都耸了耸肩表示不知道。奇摩抓住讨好小妹的机会说：“这座山传说是帝释天的笔遗落在人间所成，登上山顶的人就好像握住神执笔的手，可以得到神的启示。”

在奇摩介绍完这个优美的传说后，大家对神笔山的探险兴趣愈发浓厚了。小妹更是跃跃欲试，兴奋得一晚上没睡好觉。

第二天，四人搭乘直升机来到“神笔山”下，每个人都带上了最专业的登山设备开始一次冒险的征程。

初时的天气还算晴好，视野也很开阔，四个年轻人有说有笑，好像是一次普通的野外郊游。等到两千米过后，四人的体力开始下降，但兴致却丝毫没有减弱。奇摩开始还建议大家分两天登顶，但被好高骛远的美国人布鲁拒绝了，因为小妹也觉得一鼓作气更好。

此刻的四人都还一点没有感觉到已经逐渐逼近的危险。

当里程计上的数字突破三千米时，已经是下午一点。此时的天空忽然乌云密布起来，天气状况有不断恶化的趋势。布鲁大骂尼泊尔的天气预报不准，奇摩做出司空见惯的样子，说在雪山里天气总是变化无常，因为神发怒了，不喜欢别人靠近它的领地，所以他谨慎地提出紧急撤退。

当然，谁也不肯就此作罢。一时间大雪纷飞，寒风凛冽，四个人步履维艰。为了保持体力，而且互相能有个照应，四个人前后拉起一条登山索，布鲁充当先锋，特来西紧随其后，小妹夹在比较安全的中间，奇摩殿后。在无垠的雪山中，只听到四人粗重的喘息声和登山靴踩进雪里的声音，天地间一片苍茫，雪虐风饕。

在天寒地冻的条件下前进，体力的损耗是巨大的，当海拔超过四千米时，四个人连说话的力气都已经没有了，每个人心里都开始为这次贸然的登山探险感到后悔。

但早在危险初现端倪时就没有任何一个人要求退出，因为毕竟已经踏上这一步，对一个挑战自然也挑战自己的登山者来说，有时即使明明知道永远无法到达顶峰，却还是会毅然地走下去，绝不会半途而废！

途中，四人又休息了几次，甚至还挖了一个简易的雪洞稍作歇息，吃了一点自动加热的登山食品。小妹坦白说，那时大家的眼睛里都出现了迟疑和退缩，但就是没有一个人有勇气先说出放弃，就是因为这种无谓的坚持导致了后来悲剧的发生。

下午四点左右，天色已经开始渐渐暗了下来，天空像是被饱蘸墨水的毛笔狠狠涂黑了一般。那种视觉的误差很奇妙，明明雪团是白的，但看到的却是灰色的。整个人脑海里一片混沌，像是许多年前的黑白电视出现磁场信号混乱一样。

小妹看了一下里程计，高度已经超过六千米，只要再坚持一下就能登顶了。而且下山肯定要比上山容易些，如果再加上登顶时的喜悦所带来的精神动力，大家应该会顺利地回到地面。

想到这里，小妹唱着歌鼓励大家继续前进，所有人都戴着配有小型的通话仪的登山面具。小妹抬起发麻的脖子，“神笔山”像一支连接天与地的巨笔，突兀地插向天际，似乎想在天空书写神的预言，又似乎在问上帝关于生命的真谛。

这时候的小妹已经精疲力竭，她甚至感觉不到脖子以下的部分是属于她的，所能做的只是麻木地挪动脚步，似乎随时都有倒下去的可能，好几次都是后面的奇摩及时地搀扶住她才没有就这样倒下。

六千五百米。天已经完全黑了。

四个坚持不懈的登山家打开登山头盔上方的照明灯，向最后的终点冲刺。跑过长跑的人都知道，在即将到达终点前，肾上腺素的分泌会加快，身体会产生强大的动力，大脑会不停地鼓励自己，“再加把劲！马上到了，马上到了！”

大家靠着信念往山顶移动，每个人的体力都已经濒临透支。就在那胜利的巅峰触目可及的时候，布鲁的雪地靴忽然一打滑，整个人仰面倒了下去。由于当时是一个陡峭的斜坡，四个人几乎是头顶屁股地连着。布鲁的失足引起了多米诺骨牌效应，四个人顺着向下滑动的雪一起朝山下滑去，即使穿着厚实的登山服，肌肤仍然可以感觉到阵阵火辣辣的疼。

由于登山设备的重量加上四个人下滑的惯性，雪山上的雪根本无法减缓下滑的速度，四人起码滑出几百米，这才险险地在一个雪崖边停住。

最后的奇摩气喘吁吁地说：“我，我的神，再一步后面就是悬崖了……”

小妹惊魂未定，只是不停地喘着气。

特来西和布鲁互相蜷缩在一起，手里紧紧地握着救命的绳索。

大家愣了半天，雪大得仿佛是天地间织成的一张大网，能见度低得根本看不清三米外的人。

就在众人以为能够幸运脱险的时候，奇摩站立的地方突然诡异地发生了坍塌，他整个人瞬间从悬崖上掉了下去，而他前面的小妹也被连累跟着滑出悬崖边缘，两个人悬荡在半空中，身下的雪还在不停地带动两人往下滑，形势万分紧急！

原来刚才奇摩站在的根本不是山石所成的悬崖，只是雪在悬崖边凝固出的一个雪崖，雪层的坚硬程度根本不足以支撑四个人再加上那么多登山设备的重量，于是承受不住巨大的重量的雪崖就崩塌了。

小妹被突如其来的变化吓得惊声尖叫起来，手中的登山拐杖一不小心滑落，瞬间被万丈深渊吞没。

时间仿佛静止了一般，布鲁和特来西死死地拽住手中的绳索，用尽最后的力气将两个人往上拉，但是毕竟已是精疲力竭了，只能眼睁睁地看着绳索继续缓缓向下移动，一寸！一尺！一米！此刻的四人命悬一线，一旦紧绷的神经出现一丝松懈，一切就都完了！

凛冽的寒风夹杂着雪击打着悬崖边的勇士们，悬崖边一片死寂，这是一场生命与自然的较量！

奇摩努力在空中晃了几下，把小妹推向陡峭的雪壁边，让小妹抓住陡峭的山面往上爬。小妹刚抓到雪壁，脚下的绳索却开始绷紧，“啪啪”地扯出纤维来。绳索无法承载住两个人的重量，眼看就要断成两截了。而且就算绳子不断的话，也会连累上面的布鲁与特来西一起被下面的两人拽向悬崖。

在那危急的时刻，小型通话仪里传来奇摩的声音：“再见了，我的兄弟姐妹……”

“不！不要！”小妹的声音连同身体一起剧烈的颤抖。

四人登山队里，奇摩的年纪最大。他一直像个慈爱的兄长照顾着整个团队，殿后的任务正体现全队对他的无比信任。

奇摩渐渐松开了拉住绳索的双手……

布鲁和特来西这才醒悟过来，通话仪里传来他们的大喊：“不要！我们会拉你上来的！”

小妹此时已是痛不欲生，周围的严寒让她连泪水都已经无法流出，只剩下凄凉和绝望充满她的身体。

印度人仰头，露出一个欣慰的笑容，用沉默的口吻说：“再见了，一定要救她……”

他张开双臂，像一头山鹰壮烈地飞翔下去，回归雪山女神的怀抱中。

目睹这个画面的三人，心中如同被刀狠狠地割伤了一般。

只剩下小妹一个人依附在悬崖边陡峭的山面上。她几乎想放弃一切和奇摩一起跳下去，但想到是奇摩牺牲他宝贵的生命，把生的机会留给了自己。小妹的心中涌起一股强烈的求生欲望，她使劲地朝峭壁上攀去。谁知壁面因为冰雪而变得十分光滑，就在小妹将要重新爬上地面的那一刻，承重的那一块雪岩又断裂崩塌，小妹无能为力地朝万丈深渊跌了下去……

说时迟那时快，特来西如离弦之箭猛扑过来，堪堪抓住了小妹的手腕，两个人一起沿着悬崖朝深渊滑了下去，眼看就要一同殒命，布鲁一个橄榄球运动员般的着陆强攻，就在特来西的脚要滚下悬崖的关键时刻，布鲁猛然抓住特来西的足踝，而特来西又抓住了小妹的手腕。

大雪依然无情地飘落，寒风猛刮，戴着登山面具的小妹仍可以感觉到满面的刺痛。三个人吊在悬崖边，命悬一线。

“放手，放手……”小妹虚弱地喊，“特来西，你放开我……”

“不！”特来西在这个生死关头还有心情幽默地说，“好不容易才拉到东方美女的手，还没亲一口，怎么能放手……”

“放心，我一定会将你们拽上来的！”布鲁整个人侧在斜坡上，脚钩住一个凸起的雪岩，用尽全身力气开始一点一点地往回拉。

不可思议的事情发生了！顽强的布鲁硬生生靠着一股蛮力，将下面的两人一寸一寸地拉了上来。人体的潜力被发挥到了极限，如同当年一个父亲硬是凭借血肉之躯抬起直升机将自己的孩子救了出来。可见人的潜能的确是无穷的！

这一段感人的奇迹实在难以描写，因为小妹当时的大脑接近空白，完全不知道自己的身上发生了什么，她只是感觉有一双温暖的手掌将她拉了起来。

小妹筋疲力尽地坐在雪地上，想哭又哭不出来，泪腺似乎已经被冻伤了。

这时小妹突然产生一种异样的感觉，透明面具后，特来西的眼睛仿佛被冻僵了一般，剔透得像两颗晶莹的猫眼石，而他的表情似乎还带着一种诡异的微笑，是听到死神的召唤了吗？

小妹不顾全身的麻痹与刺痛大喊道：“快，快，快站起来！站起来！”

三个人仿佛被雷电击中一样，颤巍巍地互相搀扶着站了起来，在冰天雪地中长时间的静止是一件相当危险的事情，血液无法循环而导致肌肉坏死，最后就再也站不起来了。当年红军过雪山的时候，许多人就是一坐不起。而冻死者面部的微笑其实是因为脸部受冷，肌肉抽搐而导致的奇怪现象。

三个人浑身哆嗦，身体麻木得已经感觉不到寒冷，小妹连忙打开自动加热瓶，开始烧水喝。这时喝水是有讲究的，要从冷喝到热，刚开始喝的几乎就是雪水，然后慢慢有一点温热，到最后滚烫到无法吞咽，直到咽下最滚烫的那一口后，三人才长长地吐出一口气。

终于把命捡回来了！

但这三人真的只能用“不见棺材不掉泪”来形容。因为休息一会后，三人做出一个惊天动地的抉择，继续攀登“神笔山”！

三人还信誓旦旦地说要把奇摩的名字写在旗帜上，插在巍峨的雪山之巅。

我实在无法理解三个人当时的想法，就是因为他们这种将生命置之度外的举动，悲剧才会更进一步恶化。

当三人距离“神笔山”的顶峰只有几步之遥，按照小妹的话，如果那山是一支毛笔，他们已经站在毛须上，离毛尖只有一丁点的距离。

小妹敬仰地抬起头，但他们并没有就此停止，而是大无畏地继续前进，誓要将“神笔山”征服在脚下。

就在巅峰触手可及之时，没有来由的，山顶陡然响起“轰隆轰隆”的震耳欲聋的响声，须臾间天崩地裂！

山顶上无数的雪像火山喷发般冲天而起，毫不留情地砸落下来。用“屁滚尿流”来形容三个不知好歹的家伙当时的狼狈相是再恰当不过的了。

陡峭的雪坡像即将沉没的铁达尼号一般整个倾斜起来，三人看得呆若木鸡，直到其中的一块小雪块轰中了特来西的头，他才幡然醒悟过来，抓住小妹的手转身就拼命地逃。但人的脚步怎么可能快过雪山的发威，但或许是三人命不该绝，就在众人以为命不久矣之时，他们发现不远处有一处内凹的山穴，三人用手拦着头没命地跑进洞穴里。

三个人的身影刚闪到洞穴里，雪崩就铺天盖地地冲了下来，从外部整个将洞穴完全封锁得密不透风。外面雪崩的巨响惊天动地，宛如百万大军的呐喊，震得耳膜阵阵生疼。

无情的雪崩将剩下的三个人彻底湮没在渺无人烟的“神笔山”上，留下一个洞穴给他们生的希望，却又让他们绝望地等待几乎不可能到来的营救。

说到这里，小妹喝了一口温热的红茶，神情中充满忧伤。

虽然小妹现在活生生地坐在我眼前，但我的心却仿佛依然被困在雪山之巅：“原来你的脚是被冻伤的。”

“是的，差点就要坐无敌风火轮来见你了。”她风趣地说。

“亏你还说得出来！”我责怪道，一边找出祖传的活血化瘀油，帮她按摩冻伤的脚，“后来是谁救你们下山的？”

“我们被困了整整两天两夜……”小妹黯然地闭上了眼睛，又开始进入那段不堪回首的悲惨景象。

三人被困在“神笔山”上寸步难行。

洞穴的入口被不知深浅的白雪堵住，唯一的优点是可以保留仅有的一点温度。三个人紧紧地依偎在一起，脑海中尽是刚才发生的那一连串画面，但如今的他们连悲伤的心情都没有了，只剩下绝望，如同地狱般深不可测的绝望。

通讯器不是摔坏了就是没有信号，一切的紧急设备在这紧急关头都形同虚设。身边仅存的只有可以支持两天的食物与水。小妹深刻地领悟到一个道理："等待死亡，比死亡本身更可怕。"

三个人刚开始还说一些抱怨天气的话，特来西还说了几个关于伦敦天气的笑话，布鲁则一直在发信号，寻找哪怕一线的生存机会。不久三个人的话越来越少，最后终于彻底沉默下来，雪洞里像死一样的寂静。

小妹脑袋里像被塞进了一团棉花，逐渐变得一片混乱，棉花不断膨胀，从耳朵、鼻子还有眼睛里冲出来。洞穴里逐渐稀薄的空气迫使她产生耳鸣的症状，昏昏沉沉中小妹几乎陷入沉睡的状态。但是她很快意识到在这样的低温环境下入睡无疑是自杀，她推醒和她一样已经陷入半昏迷的状态的布鲁和特来西，他们的躯体是那么冰冷和僵硬。

没有人回答她。小妹的内心恐惧到了极点，在一个完全封闭的空间里，身边的朋友一个接一个地离自己而去，内心最后的坚持眼看即将走向崩溃的边缘。

"唔……"特来西翻了个身。

"太好了！"小妹惊喜地叫起来，"你没死！"

"我梦见了上帝……"布鲁也揉了揉眼睛醒转过来。

"吓死我了……"小妹想到还有两位绅士的陪伴，活下去的信念又强了几分。

三个人就这样坐着等待救援，也可以说是坐以待毙。

但其实大家心中都很清楚，所有的通讯设备都已经损坏，即使侥幸发出求救的讯号，以目前的恶劣天气，等到救援人员攀登上来的时候，恐怕发现的只是三具冰冷的尸体。

这还算是乐观的猜测，更有可能他们的尸体根本不会被人发现，只有等若干年后其他来探险的人打开这个雪洞，才可能会发现三具冷冻肉干。

想到这里，小妹不禁对世界的沧海桑田和人生的变化无常有了更深刻的认识。

三人面面相觑，布鲁本来还尝试一点一点地挖通掩盖住入口的积雪，但他很快就放弃了。因为外面的积雪实在太厚了，而且就算能侥幸逃到洞外，也必然会冻死在下山的路上。

怎么办？怎么办？小妹眼睁睁地看着对面那两个钢铁般的男人，但在冰天雪地里他们也只能束手无策，等待着死亡的逼近。

时间一点一滴地过去，生命一丝一毫地耗尽。到了第三天早上的时候，三个人已经彻底崩溃了。小妹不断地用家乡话呼喊我的名字，布鲁喃喃念着上帝与耶稣要原谅他早年的无知，特来西也在喊着一个女孩子的名字，后来小妹知道是他的初恋情人。

三个人在极度的困厄中陷入半昏迷状态。

也不知过了多久，小妹在恍惚中听到了死神的敲门声，“叩，叩，叩……”从洞穴外厚厚的雪层里传来。

雪洞里漆黑一片。

小妹心中哀伤地说：“永别了，哥……”

说到这里的时候，小妹不禁潸然泪下，和我紧紧拥抱在一起。

“没事了……”我也激动得说不清话，只是搂住她的肩膀，轻轻梳理她的头发。

她哭了半天，情绪渐渐平静下来：“能活着回来，真的不能不说是一个奇迹。”

“是啊，在那样危险的雪山上，已经没有任何生路，你……”我不知如何说下去。

“大难不死，必有后福嘛。”小妹微笑着喝了口红茶，继续说下去。

当小妹苏醒过来的时候，发现自己睡在一张温暖的床上，身上还盖着柔软的羊毛毯，空气中弥漫着一种很好闻的味道——是檀香！

她费力地转动脖子，看到房间的墙上挂着一些佛教的画，周围的柜子上也摆着庄严的佛像。

她不知道她这是在哪里，难道自己现在身处的就是所谓的西方极乐世界吗？

过了许久，一个小沙弥端着一杯热茶走了进来，用藏语对小妹说：“女施主，请喝茶。”

“我怎么会在这里？”小妹惊奇地问。

“普智大师把你们三个带回来的。”小沙弥说，“但是你要感谢梅仙的指点。”

“梅仙？”

“是的，她是一个月前才来到我们山上的，是她预言你们出事的地点。如果没有她，我们就是想救你们也无言为力。”小沙弥指着香喷喷的热茶说，“快趁热喝吧。”

“他们俩呢？”小妹想起了自己的同伴，布鲁和特来西。

“他们伤势比较严重，已经被转到山下的医院去了，但都已经没有生命危险。”小沙弥的眼里露出怜悯与哀伤。

谁是普智？谁是梅仙？小妹仿佛置身梦境中。

她想下床看看，但刚起身就一下子又倒回床上，脚上的剧烈的伤痛让她确认自己还顽强地活着！

小妹掀开被子，看到了被纱布包扎的双脚，她的脚在登山中被严重冻伤了，幸亏得到及时的救援并用尼泊尔独特草药的敷治，这才勉强保住了双脚不用被截肢。

随后的几天里，小妹才渐渐弄清楚原来自己身在“神笔山”山腰的一座寺庙里。尼泊尔的雪山上有许多这样依山而建的寺庙，旅客们根本无法想像当年那些虔诚的僧人是如何运输建筑材料到山上，并在这里潜心修佛一辈子。

这座寺庙就叫“神笔寺”，寺院外开着一片稀有的梅花林，在皑皑的白雪中傲然绽放着，美丽的风景让康复中的小妹感到心情舒畅。

在小妹的请求下，小沙弥答应让她见将他们三个从死神手中拯救回来的普智大师，小妹要向他详细询问那天发生的事情。

当普智大师走进房间的时候，小妹仿佛见到了传说中的金臂罗汉。普智大师身材魁梧，五官威严，留着犹如达摩般的长胡须，披着一件简朴的氆氇，袒露着钢铁般的右手和铜盘般的胸膛，神气凛然，似乎一点不畏惧寒冷。

“阿弥陀佛。”普智大师双手合十朝小妹问候，气宇不凡，让人不由心生敬仰之情。

“大师，我是中国人莫小筝，旅居西班牙。这次来尼泊尔登山遇险，幸亏大师及时出手相救，小女子……”说到这里，小妹腼腆地笑了一下，因为想起了中国古代小说里“小女子无以为报，以身相许”的大俗套。但小妹才华横溢，私下积蓄肯定不少，她转念一想，应怎么报答普智大师才好呢。

“救人一命，胜造七级浮屠。”普智大师的这句对白真是有够老土。

小妹想了半天，什么捐钱捐物给佛上金的主意都想过，但又一一放弃，心里不免感叹，他救了自己一命，自己用什么来报答都不为过，可有什么能胜过自己的生命呢？生命价值十万、一百万、一千万，还是多少？

普智大师自然一下就窥透了她的心事：“女施主不必担忧，敝寺虽然身处荒山野岭，但自给自足尚不成问题。”出乎大多人的意料，尼泊尔王国是世界上唯一的以印度教（而不是佛教）为国教的国家，2587万人口中的88%的居民信奉印度教。尽管如此，政府对佛教寺庙还是有一定的补助，而且远来的善男信女使寺庙不愁吃穿，可以说是世界上最适宜佛教徒修行的胜地。

“听你的口音，似乎是中国人？”小妹问。

“是的，我本是四川人，因为找寻佛的出生地而千里迢迢，翻山越岭来到尼泊尔。”普智大师说。这让小妹想起了“蜀之鄙有二僧”的故事，其中那个坚忍不拔，终成正果的就是普智大师这样的尊者吧！

“我在蓝毗尼正式剃度，后来才搬到此地。”普智大师道。

“蓝毗尼是哪里？小妹似乎忘记了自己是一个病人，开始发挥她强烈的好奇心和求知欲。

“佛祖诞生的地方。很多人知道佛祖诞生在古印度，但却不是现在的印度。”

“那佛祖出生在哪里？

“在尼泊尔南部的蓝毗尼。”普智大师和小妹简单地聊了起来，小妹的活泼可爱也很快感染了他，两个人都感觉彼此之间很有缘分。

“如果把你这么聪明的女孩子留在雪山上，佛祖都会难过的。”普智大师是个十分有趣的人。

小妹很疑惑在数千米的高峰上，看起来也不像有高科技登山设备的普智大师是如何救人的：“雪山上那么高那么艰险，你是怎么找到我们把我们救出来的？”

普智大师笑笑：“小时候住在青城山，很多游客走到半山腰，就累得再也走不动了。但你们是否有看过那些身负数百斤柴的挑山夫，即使如此他们照样能够做到健步如飞。”

“原来世界上最好的登山家是你们这些隐居的高人！”小妹万分惊讶。

“在我们看来，山不是用来征服，而是用来敬仰。它和人类都是这广袤自然的一部分，互相依存的一部分。”普智大师说道，“救下你们那天我在雪上中静坐。”

“什么叫静坐？”小妹糊涂地问。

“呵呵，就是打坐参禅。”普智大师笑道，“其实现在都市里也很流行，叫做瑜伽。”

“瑜伽？”小妹听得入神了。

瑜伽和中国的气功有异曲同工之妙，不仅可以让身体随意地扭曲到不可思议的韧度，还可以修炼内心，开发人体潜能，达到非凡的功效。

普智大师的瑜伽是在冰天雪地里进行的，有时一坐就是好几个月，和佛教典籍里记载的达摩面壁三年有得一拼。

普智大师练瑜伽的地点也是在一个隐蔽的洞穴里。大雪覆盖洞穴，他在里面潜心屏气，洞外万物的一声一息都十分清楚。当小妹四人出发的时候，其实还从大师的头顶上踩了过去，大师就觉得十分奇怪，这个平时荒无人烟的雪山怎么会有人经过，在从四个人的沉重的脚步声判断，就大约猜出是带着很多设备的登山队。

以前在“神笔山”就曾发生过许多起因无常的气候而导致的登山事故，政府也已经下达了禁山令，普智大师心中隐隐有不祥的预感。于是他破例提前出关，早早回到了寺庙中。

果然，没过多久可怕的暴风雪就席卷而来！

五 用画通灵的梅仙

“啊！”我不禁失声叫道，“普智大师回到寺庙，而你们还被困山顶，那他是怎么知道你们遇难的地点，又是怎么把你们救出来的呢？”

“多亏了一个人……”小妹神秘地说，“不，她应该是……”

“难道还是神不成？”看小妹的样子我真以为她连脑子也冻坏了。

“我也不知道该如何形容她。”小妹道，“寺院里的大家都叫她梅仙。”

“为什么？”看小妹的样子似乎不像是随便乱说的。

“因为没有人知道她从哪里来，只知是某天莫名其妙地出现在雪山的寺院里，而且她平日里总是沉默不语，冷漠高傲得宛如不食人间烟火的冰山女神。”

“她到底神在哪里？”我对小妹的描述始终不置可否。

“你别急，先听我说我们获救的过程。”小妹耐心道，“普智大师回到寺庙里，就听小沙弥说昨天的确有一架直升机带着四个登山队员上山，但一直到现在还没有下来。普智大师一听就急了，这样恶劣的暴风雪天气是极端可怕的，严寒、暴雪、大风外加随时可能产生的雪崩，他马上断定登山队员遇险了！”

“那他是怎么找到你们的？”我怀疑地问，“你们不是与外界彻底失去联系了吗？”

“是的。”小妹露出不可思议的表情，“这件事实在是太玄了，普智大师把我们救回寺庙后却对如何找到我们这件事只字不提。但是我可以想像，大师在冰天雪地里一手抓布鲁，一手抓特来西，肩上再背着我在雪山飞奔的英勇神姿！”

“那真是了不起的一个人！”我点点头表示赞赏，“但你所说的始终只是普智大师把你们从山上救下来。但他究竟是如何知道你们被困的确切地点的呢？你所说的那个梅仙才是关键人物不是吗？”

“这点疑问同样也是当时的我迫切想知道的。”小妹笑道，“后来我缠着小沙弥问个不停，小沙弥才婉转地告诉我，普智大师是在梅仙的指点下知道我们受困的地点的。”

“啊！”我难以置信道，“难道她能预知你们的一举一动吗？她是怎么指点普智大师的，会不会只是说了一些模棱两可的谶语？”

“不！”小妹道，“小沙弥说梅仙到寺院几个月来，非常少说话，大家开始甚至以为她是个哑巴。”

“那寺院为什么收留她？”

“因为她是个才华横溢的画家，当时寺院里刚好在翻新围墙之类的，她帮忙画了许多佛像，她笔下的佛像简直是栩栩如生，惟妙惟肖。”小妹作证道，“我在寺院休养的时候，曾亲自看过她作画，那些壁画实在是太完美了，简直不像人间所有！”

“梅仙是个画家？”我惊讶道。

“是的，根据普智大师的描述，当时梅仙就是用画指点出我们遇险的地点。”虽然听起来像是无稽之谈，但是小妹的口吻和眼神似乎又不像是胡编乱造的。

“用画？你的意思是，她在纸上画出你们遇险的地点，然后普智大师再根据那张地图及时赶去援救你们？”

“是的。”小妹冷静地说，“别人叫她梅仙是因为她总是穿着一件红色的风衣，清高的举止像极了冬天里傲放的梅花。但实际上我觉得她应该叫‘画仙’才更贴切。”

“画仙？”我好笑道，“好像是一部韩国电影。”

小妹笑道：“实在很难解释清楚，她仿佛是有第六感似的，清晰地知道我们在哪里遇险。不过寺院里的和尚说她的这项本领有一个正式的称呼。”

“叫什么？”

“天眼通。”

小妹在神笔寺里休养了半个月，身体也渐渐康复了。而美国人布鲁和英国人特来西因为伤情比较严重，已经提前转院到加德满都的中心医院去接受治疗。

在独特草药的治疗下，小妹居然没有留下大的后遗症，实在是不幸中的万幸。

但这时小妹的签证早已经过期，她已经不能再呆在尼泊尔了。她委托别人去西班牙驻尼泊尔大使馆办妥了滞留的手续，还缴纳了一大笔的罚款和保金。

要离开寺院的前几天，小妹的内心充满了不舍，毕竟是这个寺院的人救了他一命，而且和一直照顾自己的小沙弥也有了深厚的友谊，当然小妹心中还有一个不愿离开的理由，就是因为那个从未遇见的梅仙。

但是即使将要离别，当她托那个叫圆通的小沙弥带她去见救命恩人梅仙时，却还是遭到了委婉的拒绝。

小妹没有办法，她不知道这个神龙见首不见尾的梅仙是不是故意躲着自己。

看到小妹失落的神态，机灵的圆通就偷偷告诉小妹在藏历十五的下午，梅仙会在罗汉殿画壁画，而她可以装作来拜山的香客，去和梅仙见上一面。

在小沙弥的精心安排下，小妹走进阴暗空旷的罗汉殿，殿内摆满了千奇百怪、庄严肃穆的罗汉像，殿里虽称不上金碧辉煌，但神圣精美的佛教壁画却还是让小妹心生宁静，不由合十，怀着无比敬仰的心去欣赏这一切。

到了内殿，小妹终于看到了传说中的梅仙，她穿着一件修长的红色风衣，风衣上刺绣着精美的梅花，小妹的眼力很好，寻常梅花的花萼都为绛紫色，而梅仙衣服上的却是纯绿色的花蒂，梗为青色，竟是名品“绿萼”！

梅仙风姿绰约，梳了一个梅花髻，古意盎然，她优雅地手执一支毛笔在墙壁上全神贯注地勾勒着，全然不知身后的异样。

小妹就这样默默地站在梅仙身后看了她作画整整一个下午，完全陶醉在艺术的美妙境界里。梅仙娴熟的画艺和高超的艺术天分让小妹佩服得五体投地。

她似乎不是在用手中的笔在墙壁上画画，而是在用手中的笔重新创造生命的奇迹。

小妹无数次想和梅仙打招呼，但每次都欲言又止，她实在不忍心打扰专心致志的梅仙。认真的女人最美丽。小妹对我说，任何一个男人看到梅仙画画的样子，都一定会无可救药地爱上她！

在小妹丝毫毕现的叙述中，我仿佛也身临其境地来到那座身处雪山之中的寺院，在一个云淡风轻的午后，静静地欣赏一个神秘的美女在壁上梦幻般优雅地作画。

我似乎在隐约中抓住了什么线索，但脑海中却依然沉浸在祥和宁静的气氛里，心情一片澄澈透明。

“但是后来发生了点不愉快。”小妹似乎有点内疚。

“怎么了？”我奇怪地问。

“那天下午，她画了足有四个小时，大概是有点累了，于是暂时搁下画笔，到另一侧的走廊外面去盥洗，直到那时她居然还是没有注意到身后有我的存在！”

“嗯。”我想像着当时的画面，“她可能实在是太投入了，你是不是没经人家的同意就做了什么？”

“唉。”小妹不好意思地说，“怪我太好奇了，趁她不在就拿起她作画的那支毛笔，想看看究竟和普通的有什么不一样，怎么能画出那么漂亮的画来。”

“毛笔？那是支什么样的毛笔？”我仿佛在浓雾中看见了一盏明灯。

“哥，你那么激动干什么？”小妹不解地说，“那是一支古色古香的笔，上面刻的字有点像秦朝的篆文，但又不像。”

“啊！”我失声叫了起来。

“怎么了？”小妹立马反应过来，“哥，你见过那支笔？”

“别忙，别忙，你先把剩余的事先说完。”

小妹白了我一眼：“那支笔给我一种非常奇特的感觉，就好像如果我用那支笔也可以画出和她一样美丽的画，但就在我想小试身手的时候，梅仙突然返回殿里……”

“啊！被她看到你私自拿她的笔，她一定很生气……”

“是的！”小妹惋惜道，“她真的是我见过最有气质的女子，简直不应存在于这个世界上。我本来很想和她成为朋友的，但当时的她实在是气愤到了极点，那怨毒的眼神仿佛将我打入冰凉的谷底！”

“不过是一支笔而已，何必那么激动？”我为小妹感到委屈。

“她猛地从我手里抢回她的笔。”小妹道，“美女发起怒来真是好可怕，我已经很礼貌地表示我的歉意了，但她还是冷冰冰的一句话都不说，拿起笔转身就离开了。”

“后来呢？”

“后来我托小沙弥多次转达我的歉意，但她却一直都没有接受，也没有回话，只是听圆通说，她要求普智大师以后在她画画的时候，绝对不允许有任何外人进入，否则她会离开寺院！”

“真是个奇怪的画家！”

“离开的时间很快到了，而且发生了这样不愉快的事情我也不好意思再多逗留，于是就匆匆离开寺院，想到脚伤还没有完全好，就回中国来看看哥哥你，顺便找点中医师调养调养。”

“这事包在我身上，我马上帮你联络最好的神医。”我认识几个隐居的神医，其中一个是长白山的猎人，对冻伤有极具成效的一套自制秘方。

“我走的时候还拍了一些照片留念，给你看看。”小妹取出数码相机。

我满怀好奇地看了看，都是一些充满异域风情的尼泊尔的风景名胜，尼泊尔小小的狭长国土内，有海拔70米的热带森林，也有世界最高峰的寒带雪山，其间孕育无数崇山峻岭、溪谷冰河。

而后突然转到一座白皑皑的雪山，照片是用仰角度拍摄的，高耸入云的“神笔山”在照片的完美呈现下真是蔚为壮观，令人望而生畏。除此之外还有那三个外国友人和善的笑脸，以及探险过程中的一些纪录照片。再后来，就是那座“神笔寺”的照片，十分古朴的一座寺庙，宛如世外仙居。

小妹刚要收起照相机，细心的我却突然发现了一张令我意外的照片：“这张是在哪里拍的？”

小妹疑惑地看着相机，屏幕上显示的是一张雪山梅林的风景，皑皑的雪山中冒出一丛梅花，让人只觉惊艳万分。

“啊！梅仙也在梅花旁，我不小心也拍到她了！”小妹惊喜地指着照片上悄然与梅花融为一体的人影说。

“这怎么可能！”我简直不敢相信我的眼睛，“你所说的梅仙难道就是失踪的冷梅！”

“谁是冷梅？”小妹对我的话感到有些莫名其妙，“难道你认识梅仙？”

“真的是她！真的是她！”我指着相片中的红色身影兴奋地大叫道，“这张照片上的风景和在女生宿舍里冷梅失踪前留下的那幅画一模一样！”我把冷梅离奇失踪的事和小妹完整地说了一遍，然后又从钱包里取出冷梅的照片给小妹看。

“真的和梅仙好像！”小妹惊叹道。

“不是好像，根本就是同一个人！”我大胆地下结论。

“这不可能！”小妹怀疑地问，“一个柔弱的女画家怎么可能从中国南方沿海的一座城市直接瞬移到尼泊尔的雪山上，又怎么会凭借一幅画就能够预言我们遇险的地点？”

“是的，我也觉得这些从我嘴里说出来是很不可思议，我连自己都无法说服自己，包括你说的用画指出你们的遇险地点，我也觉得是假的。”我使劲地摇了摇头，小心地把冷梅的照片收起来。

“那幅画现在在哪里？你能不能带我去看看？”小妹坚信眼见为实。

“行！”我马上拨通了刘清兰的电话，开车朝宿舍奔驰而去。

到了大学宿舍我才发现三个女生都早已搬到校外去住了。好说歹说，我才说服刘清兰回来帮我开门。

开门的时候，刘清兰差点把钥匙拧断在锁眼里，她害怕地说：

“那幅画里有鬼……”

“鬼画？”我隐隐感觉到一丝不对劲，“鬼在哪里了？”

“它会变……”刘清兰吞吞吐吐道，“有时冷梅会出现在画里，有时又会突然消失，有时还有一两个沙弥，最近还时常出现一个拄着拐杖的女孩……”

“是不是我？”小妹从我身后跳出来。

“啊！你……”刘清兰吓得浑身发抖，“画里的那个人穿的就是你身上这件衣服！”

“是的，前一段我的脚受伤，拄了相当长时间的拐杖。”小妹笑道，“但无论如何，我不相信我会出现在画里。”

我的思维在脑海中飞速旋转，这件事似乎渐渐在众多线索的印证下初现端倪：“我只听说过古代有一幅月亮的画，会随着时间出现阴晴圆缺的变化。”

我给刘清兰介绍了小妹，小妹的热情友好让刘清兰渐渐地放下了戒心，但她始终心神不宁，对“画中人”这个看似灵异的事件心存不解和畏惧。

宿舍里由于有段时间没有住人，已经积了少许灰尘，更显得萧条冷清。

我指着墙上的画给小妹看。

“这就是冷梅的作品吗？画得真好！”小妹赞叹道，“这画的分明就是‘神笔山’，冷梅一定是去过那里！”

小妹还是不相信梅仙就是冷梅，而认为只是世界上两个比较相像的人而已。

但奇怪的事情很快再次发生了，我瞪大了眼睛：“刘清兰，这幅画上的红点怎么不见了？”

“不见了？”刘清兰说，“不可能吧！”

我爬上床，格外仔细地观察画上的每一个角落，真的没有一丝人影，空荡荡的画上只剩下一座雪山。这幅画仿佛拥有一种奇特的魔力，当视线定格在雪白的画面上时，大脑似乎会出现一种恍惚怅然，如坠云雾的感觉，仿佛身临其境地到达画中的雪山，浑身感觉到一股冷飕飕的寒意。

“你们看完了吗？”刘清兰已经感到浑身不自在，“我想回去了。”

我迟疑了一下道：“这幅画实在得细细研究一下，我可以暂时把它带回去吗？”

“随便你。”刘清兰这次的回答显得非常干脆，“反正冷梅的父母从来就没来宿舍拿过她的东西。”

“真可惜，这可是一幅上乘的艺术品呀。”我从墙上小心翼翼地揭下那幅画卷好。刘清兰从冷梅的抽屉里随便找了一个画筒让我装起来。

我真诚地向刘清兰道谢后和小妹一起离开了女生宿舍。临走的时候，我无意中瞥到刘清兰锁门的手不停地发抖，一不小心钥匙掉在了地上。

“按照冷梅的室友所说的故事，冷梅是被笔仙带走的？”小妹在回家的路上和我讨论整件事的始末。

“应该是的。”不可思议的事情太多了，我似乎也对笔仙这种游戏所产生的效果有了一些动摇。

“那笔仙到底是笔请来的仙还是所有笔的仙？”小妹问出了一个

超级奇怪的问题。

“我不清楚。但你不觉得把人的失踪归咎为笔仙作怪是一件很可笑的事情吗？”

在车上，我顺便给小妹说了我参加那个神秘的笔会和常洛阳失踪的事，这更勾起了小妹的无限好奇。

“这么说来，失踪案和笔有关！那常洛阳的笔和冷梅是同一支吗？”

“我不清楚，也许只有问常洛阳才能知道，但是他已经疯了。”

“又失去线索了。”小妹不免有些气馁。

“你坐好了。”我下命令道。

“怎么了？”小妹奇怪地问。

“后面有车跟踪我们。”我一踩油门，车速陡然飙到两百公里。

我娴熟地驾驶着汽车拐进路边的一条胡同。我曾经为了考察这个城市的民俗而写过一篇有关于胡同的论文，对这一带的胡同了如指掌。后面的那辆车不明事理，居然傻傻地跟了进来。我只花了一分钟，就把那辆车引到一条死胡同，车速过快导致它撞在墙上，几乎报废了。而我的车却神奇地掉头绕到他的车后。小妹把喇嘛按得狂响，我把头探出了车外，对跟踪的车喊：“哥们，需要帮忙叫拖车吗？”然后大笑着离开了现场。

我们很快回到住所，我进门的第一件事就是从画筒里取出冷梅的画。

但无论我怎么倒，画筒里却始终什么都没有。我顿时浑身上下感到一阵寒意，明明自己亲手把画放进画筒里，怎么会无缘无故地失踪了呢！

“怎么了？”小妹今天已经遇见太多的怪事。

“画没了。”我无比沮丧地说。

“怎么可能？”小妹立刻从二楼跳到楼下，在汽车里翻找起来。

“车上也没有。”小妹垂头丧气地从水管上像蜘蛛侠一样地爬了回来。

“其实我早该有思想准备。常洛阳的那幅书法当时也是这样离奇地从画筒中消失的。”我回想起那幅“神来之笔”，看来两件事情之间的联系已经越来越明显。

“我相信只要找出画消失的原因，就能找出冷梅消失的原因。”小妹琢磨道，“无论书法还是画，都是用笔完成的。那么最大的疑点，应该还是在那支笔上？”

“对！在寺院里，冷梅因为你擅自动了她的笔而大发雷霆，这更说明了她的笔有古怪。”

“但是她的笔到底有什么特殊之处呢？”小妹回忆起自己拿起那支笔的情景，“那支笔除了笔杆古老了一点，实在看不出有什么不寻常的地方。”

“人不可以貌相，笔亦然。同样一支笔，在一些人手中是溜须拍马的帮凶，但在一些人手中，就能以笔为武器，惊醒世人麻木的灵魂。品德高尚之人，以树枝为笔也能写出优美的文章，而品德败坏之人，千金好笔下写出的也尽是恶心丑陋的烂字。”

“好有哲理的一段话。”小妹由衷道，“我觉得在笔会上那个发表演说的李学者应该对笔有很深刻的了解，我们是不是有必要去拜访一下他。”

“好，当时我和他就一见如故，所以特地留下他的电话号码。我晚上就和他联系，争取明天可以碰次面。”我对小妹说，“奔波了一天，你也早点休息吧。”

“好的。”小妹甜美地笑着，在我额头吻了一下。

这些天来连续发生这么多稀奇古怪的事情，疲倦彻底摧毁了我的精神，刚一倒在床上我就打起了呼噜。

沉睡中我进入了一个奇怪的梦境，我的眼前出现一支巨大的笔，像孙悟空的金箍棒似的一直长到无边的天际中。而我就像个幼稚的孩子一样，沿着笔不停地向上爬，想爬到笔的顶端去看看云霄之上的世界。

就在我即将爬到顶端的时候，支撑我身体的巨笔却突然倾斜着倒了下去，我在剧烈的失衡与震荡中从云端上摔了下去。

我浑身大汗，瞪大眼睛躺在床上，回忆起刚才的梦境我突然想到一个故事！——巴别塔的故事！

《创世纪》第1-9章记载，最早的人类有共同语言，一起居住在距离幼发拉底河不远的示拿之地。人们依靠丰富的资源，想合力造一座通往天堂的塔，上帝认为人类太团结，不希望有人挑战他的权威，所以变乱人们的口音和语言，使他们分散各地，停止建造高塔，所以该塔称为巴别，有变乱的含意。

我想，圣经里提到了声音，那么在造塔的时候，一定也要图纸，也要文字说明。某种程度上，笔也可以是塔的象征。充满文化气息的大学校园不是就可以叫做象牙塔吗？

而现在各国的文字也大不相同，增加了人类互相沟通的困难，这里面似乎也隐藏着某种玄机……

我刚想到这里，另一个房间里突然传来小妹的大叫声："神笔！神笔！"

"你又做噩梦了？"我光着脚飞一样地跑到隔壁房间，小妹正红着眼睛对着电视屏幕大叫。

"老大不小了还看动画片。"原来小妹睡不着觉，在看动画频道的经典卡通节目。也不知是电视台哪个家伙的创意，故意在容易伤感的凌晨播这些几十年前的动画片，已经有许多朋友向我抱怨说晚上看得睡不着觉。

"快看！快看！"小妹指着电视上说。

电视上出现了一个长相憨厚，戴着草帽，手拿毛笔的小娃娃。

"神笔马良？"我惊讶地问，"神笔？"

"你看，马良的笔可以给穷人画耕牛、画水车，然后那些东西就会变成真的了。官府把他关进监狱，他就画了一扇门，顺利地逃跑了……"小妹兴奋地说，"难道冷梅手中的也是一支神笔？"

我长长地倒吸了一口气："太难以置信了，这可是虚构的是童话故事，这么离谱的事情怎么会发生在现实当中。"

"可是种种现实都表明，常洛阳的越狱和冷梅的失踪都与一支神奇的笔有关。"

"童话只是童话，有什么证据可以表明一支笔可以把人变没了，然后又在千里迢迢之外出现呢？"我还在逞强。

小妹被我问傻住了。

电视里的马良已经给大官员画出了一座金山，大官员又要一艘船去运金山，我沉默地叹了口气，剩余的情节大家也是滚瓜烂熟了，马良画出狂风巨浪，大官员葬身于贪婪之海中了。

“怎么了，哥？”小妹注意到我呆滞的神情。

“没什么，我突然感觉那支笔的出现似乎是在提醒人类什么，但具体的我也说不清楚，明天还是一起去找李学者讨论一下吧。”

“好的，哥，早点休息吧。”小妹向我道晚安。

我回到自己房间，隔壁电视的声音被调得很轻，马良的故事已经结束了，但我却怎么也难以入睡。

我像是睡在一艘在风浪中摇摆的船上，在欲望弥漫的人海中漂流，永无止境……

翌日，我又和李学者通了一次电话确认了上门拜访的事。

经过几个小时的车程我们来到郊区的一栋阁楼式建筑，大门上贴着一幅手书的对联——人生在世不称意，明朝散发弄扁舟。

好悲哀的两句诗！

一身唐装的李学者热情地招待了我们，我向小妹介绍了他的全名，李玄。

李玄的房间里窗明几净，堆满了线装古籍善本，墙上挂着八卦铜镜，柜子里摆着唐三彩，古色古香，又是一个与现实社会几近完全脱节的人。

我把在冷梅和常洛阳身上发生的离奇事件大致和李玄说了一下，而后就谈到那支神奇的笔。

李玄很慎重地考虑了半天：“笔其实一直是很神秘的东西。在鬼怪小说里，判官是执笔的，因此笔也被视作为一种驱除邪魔的利器。而许多宗教里，笔更是一种可以与神沟通的工具，中国民间的扶乩就是一个典型的例子。笔有丰富的象征意义，我考察过许多远古时代的壁画和遗迹，都发现有笔的存在。所以我才提出是先有笔，还是先有文字的课题。其实这个论题本身没有太大的价值，但隐藏在论题后关于笔的真正含义、笔的起源、笔的真正作用却是对整个文明史，对人类的未来和发展有相当重要的意义……”

李玄说起笔来，真是头头是道，引经据典，旁征博引。我一时半会也记不了多少，只能概述一些当时记住的话。

“关于你们所说的现象，在中国古代的神话小说里是经常出现的。”李学者继续说道，“比如说有书生画了一张仕女图，百般爱慕，而画中人竟然现身世间，与书生结为百年之好。又比如《聊斋》中的画皮，丑陋的鬼借了一张美女的画，为害人间等等。但这些小说都只是提到表象，却忽略了根源——”

“什么根源？”小妹问。

“根源就是画出画的笔。”李玄将话题的内涵提到一个新的高度，“我认为关键应该是在笔上，而不是画本身。”

“也就说，真正的魔力应该是在笔上？是笔使一切变得不寻常？”其实我自己的心里很清楚，这一系列事情的发生都和笔油脱不了的干系。

“是的。”李玄道，“笔代表文，剑代表武。笔的力量才是整个人类社会不断前进的动力。纵观人类历史，你就会发现被人们永远铭记的都是那些伟大的文学家、策略家、艺术家，而不是那些残暴贪婪、自以为是的将相。司马迁永远比汉武帝更伟大。”

李玄的说法完全无懈可击，我不得不点头同意他的观点。

“由此看来，笔中蕴涵着一种神奇的力量，并通过文字、书画的形式来影响别人。当然，有时这些精髓超出人类发展的节奏，人们便把那些精彩非凡，巧夺天工的创意称之为——”李学者顿了一下，慎重地说出了四个熟悉的字，“神来之笔。”

“听君一席话，胜读十年书。”我不由赞叹李玄的学富五车。

“但其实更有名的事迹发生在唐朝。”

“难道是他？”我指着门外的对联道。

“阁下真是才思敏捷！”李学者豪爽地笑道，从檀木柜子里取出了一小坛白酒，斟满桌上的酒杯。

我不客气地先干为敬，小妹虽是女子，却尽显巾帼本色，脸不红气不喘地也一饮而尽。

白酒的浓郁芬芳唇齿留香，李学者悠然道：“当年李太白斗酒诗百篇，可见笔与酒历来也是因缘不浅的。”

“怎么又扯到李白身上了？”小妹不解。

“因为李白的诗也与神笔有关。”李玄神秘笑道，“五代的王仁裕著《开元天宝遗事·梦笔头生花》，‘李太白少时，梦所用之笔，头上生花，后天才赡逸，名闻天下。’在后人的笔记中有更详细的纪录，大意是说，李白梦到海外仙山，见有一支十余丈巨椽，李白心想若能用大地作砚，蘸海水为墨，拿蓝天当纸，写尽人间美景，真是人生幸事，正当浮想联翩之时，忽闻天籁仙乐。五色光芒从笔端射出，又开出曼妙艳丽之花。李白喜而触笔，片刻梦醒，自此才思广进，成为一代诗仙，当然也有人说后来李白走遍名山大川，在黄山上见到了这支生花神笔。”

“这么说来，那些名诗佳句并非出自诗人的脑海，而是来源于神笔了？”小妹得出一个彻底推翻李白才华的推论。

“话可不能这么说，那些诗人才子倘若没有十年寒窗苦读，又怎能拥有获得神笔的奇妙因缘。把一切归功于笔未免过于夸大其实，就像完全否认人的才干智慧一样是不可取的。但起码有一点，就是笔充当了人类与外界更高级智慧的信息传递。”

“你的意思是所谓的神？”我听到这里不由张大了嘴巴。

“说是神也好，说是外星人也罢。”李玄笑着说，“我暂时也只是在提出初步的假设，非常感谢你们给我提供一个关于神笔的离奇案件，希望能及时得知关于此事的进一步发展。”

“一定一定！此次拜访，真是不虚此行！”我和小妹恭敬地和李玄作别。

六 千里寻女去

回到家里，我和小妹就冷梅是否是梅仙又激烈地争论了一番。

报纸、广播、电视、网络等一切媒体上，冷梅父母的广告依然在轮番轰炸着众人的眼球，城市里关于冷梅的话题日益火热。虽然有些人已经委婉地劝冷梅父母接受残酷的现实，毕竟冷梅的失踪到现在已经过去了一段不短的时间。

“想弄清这个问题，只有叫冷梅的父母亲自去一次尼泊尔，自己的亲生女儿难道他们作为父母会认不出吗？”小妹建议道。

“这个当然是最好的办法，但这么突兀地和他们说，他们会答应吗？如何说服他们相信失踪的女儿突然跑到冰天雪地的尼泊尔去了呢？”

“我有一个馊主意。”小妹贼溜溜地转了转眼睛，不好意思地说。

“说来听听。”我奸笑道。

小妹靠近我的耳朵嘀咕了几句。

“这怎么行呢？”我听完立刻表示不同意。

“这恐怕是唯一的办法！”小妹耸了耸肩。

“唉……只有这样了……”我无奈地同意了。

这时，电话幽灵般地响了起来。

小妹接起电话，悠然地说了一会话。挂掉电话后朝我一笑：“老魔同志，备驾。”

“去哪里啊，太后？”

“大内监狱。”小妹笑嘻嘻的开玩笑。

“去探谁的监啊，是不是要救革命党人！”

“哈哈，去看常洛阳啊，你去不去！”

“啊！你怎么有办法搞到通行证？”我听到小妹的话不由大吃一惊，居然连探监的资格都被她弄到了。

“我神通广大呗。”小妹拉着我从二楼直接空降到我的老爷车旁。

在车上问了半天，我才知道她前几天就已经拜托一个外号“铁手腕”的朋友以中国某大型报纸驻西班牙分社记者的身份办妥了探监的手续。

到了监狱后，我原以为要经过许多复杂的手续，但那“铁手腕”似乎早已打点好一切，于是我和小妹就大摇大摆地走进监狱，监狱长似乎觉得我很面熟，而我则大大咧咧地和他问好，然后跟着小妹走进犯人会客室。

常洛阳戴着一副手铐，情绪似乎很激动。他给人印象最深的就是他的眼睛，虽然小但却贼亮贼亮的，像极了一只狡猾的土拨鼠。也正得益于身材瘦小，他在狭隘的墓道里才可以尽情施展才干。

“你们这群无知的王八蛋，放开我，放开我！”他暴躁地扭动手腕，“我的笔！我的笔！”

“嘘……放松一点……”小妹凝视着常洛阳的眼睛，“你想要笔是吗？我们一定会给你的……”她的话带着异常柔和的节奏，眼睛里放射出一种叫人陶醉的祥和与宁静。

常洛阳渐渐放松下来，垂着脑袋，肩膀耷拉下来，眼睛开始涣散。

我知道，他被催眠了。

但由于隔着一块玻璃，无疑大大影响到小妹的施眠效果。

旁边的狱警惊讶得张大嘴巴，以为是小妹的美丽让常洛阳丢了魂。

“你想要回你的笔是吗？”小妹开始提问。

“是的……那是支神笔……”常洛阳像被操纵的傀儡，完全失去了所有的防御。

“好，那可以告诉我那支笔的样子吗？我才能帮你找回来。”小妹一步一步地诱导。

“是一支……古代的笔……笔杆上刻着奇怪的文字……”

“那你的笔是从哪里得到的？”

“从一个唐朝文人的墓里……我开始也不知道……后来才知道它

是支神笔……”

“那你上次是怎么逃出监狱的……”

“神笔帮我的……”

我的心中陡然一惊，连忙对小妹使了个眼色，问到问题的重点了。

“神笔是怎么帮你的？”小妹盯着常洛阳的眼睛继续追问。

玻璃后，常洛阳的身体开始不自觉地摇晃起来，似乎努力地想要睁开眼睛，潜意识中在做反抗。

催眠的时效因人而异，小妹看出常洛阳的内心波动很大，似乎很快就要苏醒过来。

“我想走……它就能帮我走……有光照出来……人一下就没了……然后就看到好多石碑……”常洛阳的话开始变得疯疯癫癫的，周围的狱警竭力装出两耳不闻的样子，但实际上已经被常洛阳的话给彻底怔住了。

“是什么样的光？为什么人就没了？”小妹看到时间不多了，连忙追问。

“很亮很亮的光……人就是没了……然后又变出来……”常洛阳双手挥舞，意识混乱地说。

“那你现在还会变没吗？”小妹问了一个蛮古怪的问题。

旁边的狱警再也看不下去了，挥舞着警棍说：“对不起，时间到了。”

大概由于刚才的对话让他的内心过于紧张，手心里的汗让他的手不由得打滑了，手中的警棍不小心甩了出来，正好砸到常洛阳的额头上，常洛阳一下子就清醒了过来，他愤怒地看着狱警，额头上青筋暴起，咬牙切齿地骂："王八蛋！"

"王八蛋骂谁？"狱警蛮幽默的。

常洛阳气愤地继续咒骂："你们这群该死的警察简直是黑心的土匪！"

常洛阳挥舞着手铐疯狂地扑了过去，狱警一时没反应过来，被常洛阳压在身下，顿时处于相当被动和危险的境地。

常洛阳歇斯底里地掐着狱警的脖子，冤鬼索命般地吼着："还我的笔！还我的笔！"

狱警的脸憋得通红，惨白的眼球仿佛要被挤得掉出眼眶，现场陷入前所未有的混乱，门口的狱警按响了警铃，刺耳的警报声像是恶魔的尖叫，监狱里顿时大乱！

刚好这个时段是犯人在监狱的操场放风的时间，他们趁着混乱和看守的狱警间起了剧烈的冲突。一时间拳打脚踢，场面几近失控！

我们隔着玻璃墙，爱莫能助地看着眼前失去理智的暴力一幕，一切的根源都是由于我们的错。

幸好，探视房的后门里很快又冲进来几个赶来援救的狱警，几个大汉费了好大劲，这才将常洛阳掐住狱警的铁爪松开并将他架在椅子上。

操场上也紧急纠集起一群防暴狱警，几颗催泪瓦斯覆盖整个操场，骚乱也渐渐平息下来。

而那倒霉的狱警已经当场昏迷，被送往医院进行紧急抢救。我们见严重的事态已经暂时解决，马上识趣地离开了监狱。

小妹在车上打了个电话给"铁手腕"道歉，铁手腕用嘲笑的口气说："那是狱警自己能力不够，提着警棍都被一个被手铐铐住的犯人控制住，能怪谁呢？”

听他这么大事化了，我心里的大石头也终于落了地。小妹也无可奈何地叹了口气，礼貌地挂断了电话。

“那支笔到底有什么古怪？”小妹问，“常洛阳会那样发了疯似的要找回那支笔，而冷梅也因为我动了一下她的笔而大为恼火！”

“既然所有的疑问都针对那支笔，我们不如直接去见见那支神奇的笔？”

“你想去尼泊尔？”小妹惊奇地问，“你最近肠胃不好，况且那里很冷，你受得了吗？”

“没事，我古道热肠嘛。”我开玩笑地说。

“你的笑话好冷。”小妹调皮地做了个鬼脸，马上拨打航空公司的电话订机票。

“多订两张头等舱的票。”我交代。

“为什么？你还想带两个美女去游山玩水啊！”小妹对我的要求感到疑惑不解。

“别开玩笑了，你不是要实行你的‘馊计划’吗？”我立刻提醒她别忘了这是她的主意。

“对哦……”小妹马上反应过来。

于是她拨打了两个电话，轻描淡写地说了几句：“我知道冷梅的下落……我把照片给你……你马上订去尼泊尔的机票……不要报警，否则……”然后她信心百倍地关了机。

“你这样恐吓人家的父母不太好吧。”我对小妹的“馊计划”还是不太放心。

“没办法，不这么做他们怎么肯前往尼泊尔找女儿呢？”

“可雪山上的画家万一不是冷梅呢？”

“那就当作散心旅游好了。”小妹耸耸肩摊开双手。

三天后，无孔不入的记者知道了这条线索。

“失踪画家疑遭绑架，亿万富翁被索千万！”关于冷梅失踪的案件再一次被炒得天翻地覆。当然谁也想不到幕后的始作俑者居然是热心助人的莫大小姐！

夜长梦多，我和小妹已经开车奔驰在前往机场的高速公路上。电台里正在插播一条新闻：“今夜凌晨，唐城监狱内一位名为常洛阳犯人离奇越狱，警方推测此案与昨天曾经探访过该名犯人的一男一女有关。现警方在全国范围通缉，男嫌疑人名叫莫争，中国国籍，汉族人，无业……女嫌疑人中文名莫小筝，持西班牙护照，系男嫌疑人的妹妹……欢迎广大市民给警方提供有效线索，即可能获得悬赏一百万……”

听到新闻的我这才注意到前方的收费站已经被警方设置了关卡，我怎么也没有料到常洛阳会在这个关键时刻再次失踪，还给我们添了这么多不必要的麻烦。

收费处旁几辆停着的警车正闪烁着警示的光，几名警察在对过往的汽车逐一进行详细的检查。

想到这，我估计飞机也是坐不成了，现在的机场肯定早已布满了警察。我心中暗叫不好，这回恐怕是插翅难飞，百口莫辩了。

但这起神秘的案件到现在好不容易算是有了一点关键的线索，我绝对不能就此放弃！

我刚想将车掉头，前面的警官已经朝我挥手示意我停车，我的心顿时吊到了嗓子眼，情势十分紧急。

“怎么办？”小妹问。

“系好安全带，坐稳了！”我恶狠狠地说，反正已经被归罪为通缉犯，也就无所谓罪加一等了。我猛地将油门踩到底，这辆被一个机械高手改造过的切诺基吉普车疯狂地冲破了前方挡路的关卡。

四周木片横飞，噪声一片，警察纷纷拔出枪对着车子就是一通猛烈扫射。

我低下头巧妙地拐了几个弯，摆脱那一长排不长眼睛的子弹，潇洒地冲出了重围。

就在我以为已经顺利突围的时候，后视镜里出现了一个我再熟悉不过的车牌号码。

“方法来了！”我叫道，“真是个大麻烦！”

“没办法，和他拼了！”小妹一副大姐大的腔调，殊不知我握着方向盘的手已经被汗水浸透，快要打滑了。

我迅速向前开去，没有目的，只要能甩掉后面的跟屁虫就好。

方法这一次似乎志在必得，像鬼魅一样贴着我的车，距离总是维持在三四米的样子，如影随形。

我发狂地大吼了一声，把油门踩到了底，一个猛烈的右转，贴着路边的栏杆做出一个极端危险的漂移动作。

方法刹车不及，一头撞到了栏杆上，车头的保险杠与栏杆擦出一串耀眼的火花，车子的半个轮子都悬在了外面。方法连忙手忙脚乱地倒车，似乎还不想放弃。

我见状又咆哮着朝着他的车子冲过去，似乎要和方法同归于尽，方法瞪大眼睛，呆若木鸡，眼睁睁地看着英勇的方大警官要死于如此狼狈的车祸中。

在关键时刻，我一个急转，轮胎与地面摩擦发出猿猴般的吱鸣声，让人感到浑身毛骨悚然。我的吉普朝刚才那个撞坏的栏杆冲了过去，车子凭借惯性直接冲出高速桥，在空中滑行了一段足以“飞跃黄河”的距离，在剧烈的震动下降落到了桥下的土路上，激起满地的土块和尘埃。

“咳咳……”我终于摆脱了所有的跟踪。

“现在怎么办？”小妹对刚才的“表演”感到意犹未尽，“真是太刺激啦！”

“还能怎么办？当然是做福建人最擅长的生意啦！”

“哈哈！我们最好先把这辆车消灭掉吧！”小妹心领神会。

小妹打了电话给一个叫做“长乐翁”的神秘蛇头，刚巧今天晚上有一班到泰国的货船将一批烟草运到曼谷，顺便载客赚点外快。

我们花了一大笔钱，终于买到最后两个名额，但开船的时间马上就到了。于是我继续开着这辆伴随我出生入死的吉普车，风驰电掣地朝码头开去。快到码头的时候，却刚好听到轮船起航的汽笛声。那该死的蛇头居然拿了我们的钱，不等我们上船就开船！

“小妹，打开车窗！”我大喊一声。

小妹默契地点点头。

我咒骂着把油门踩到最大，这辆忠实的吉普车发出刺耳的引擎轰鸣声，从码头这端朝海中的货船冲了过去。车子像一头猛兽冲向已经起航的货船，车灯恰好撞在船的尾舵上，挡风玻璃四溅，水面激起的无数道水柱把船长吓了一大跳。

而我们已经在车子沉入水面的一刹那，从车窗敏捷地跳进海里。我和小妹在海里拼命地游了几十米，这才湿漉漉地爬上了船。蛇头也不好再赶我们下船，用福州话对我们说："伊弟伊妹，丫棒！"

我甩着湿漉漉的头发，回望那辆陪伴我多年的吉普，它已经彻底消失在海面上，只剩泡沫"咕咚咕咚"地从水里冒出来。

我心里一阵感伤，那辆吉普曾经多次陪我出生入死，像是古代骑士最心爱的良驹。唉，时不利兮骓不逝！为了一个莫名其妙的画中人，我竟然付出如此惨重的代价。

蛇头还算有点义气，给我们换了身干净的衣服，交代我们藏在一个掏空的货柜箱里，虽然空气流通不怎么好，但比起那些偷渡欧洲而闷死在集装箱里的人要好了许多。

船在海上足足航行了两天两夜，有惊无险地经历了多次盘查后终于抵达了目的地曼谷。一到曼谷，我和小妹马上通过蛇头办了两张假身份证，乘机转飞尼泊尔。这显然比开始设想的要坐长途车通过缅甸和印度再进入尼泊尔方便了许多。

飞机一抵达加德满都机场，我和小妹就意外地发现两个熟悉而陌生的朋友。说陌生，是因为我们互不认识，素昧平生；说熟悉，是因为在现代媒体的轰炸下，估计在中国不晓得他们是谁的人真的只能可以用"孤陋寡闻"来形容了。

不错！他们就是冷梅的父母！

一个是高级记者，文坛佳丽——张凝香女士。一个是靠卖古董起家，现在专攻房地产业的超级商业帝国老总——冷无愁先生。

当时在机场外，我和小妹一看到这对貌合神离的夫妇从头等舱的特别通道出来时，实在是吃了一惊。没想到我们被警方通缉，但他们还是相信了我们"绑架"冷梅的电话恐吓，千里迢迢地亲自跑到尼泊尔来寻女儿来了。

看来那么久没有女儿的消息，他们也是抱着死马当作活马医的念头来到了尼泊尔。

他们刚出机场大门，大概是穿着太过富贵，马上就被一群尼泊尔的旅游商贩给盯上了。一个衣衫褴褛的小孩抓住张凝香的衣角乞讨，另一个小孩子则轻易地掏走了她的钱包。而冷无愁被一个卖地图的商人用地图做掩饰，巧妙地偷走了他价值不菲的劳力士。

我和小妹对视一眼，马上分头行动，电光火石间就分别逮住了小孩和商人，当场逼他们物归原主。

“别怕，我们没有恶意。”我事先声明，免得冷氏夫妇受惊。

当机场的保安反应过来的时候，我和小妹已经护送夫妇俩上了一辆出租车。小妹坐前面，我陪两位坐在后面。

看得出冷无愁似乎不太习惯这种狭小的出租车，一路上不停地皱着眉头。而冷夫人夹在中间，也在犹豫到底是往我这个陌生人还是往她曾经的爱人那边靠近点好。

“你们是什么人？”冷无愁充满敌意地问。

“不用害怕，我们是在尼泊尔读书的中国侨民。”小妹带着灿烂无瑕的笑容说，“大家中国人帮中国人！”

以貌取人实乃人之常情，他们怀疑的表情立刻就消失了，仿佛把小妹当成他们的女儿一样轻松地聊起天来。如果先说话的人是我，估计冷氏夫妇已经打电话叫警察来了。

“两位远道而来，如果不嫌弃的话，我可以充当你们的向导。”小妹笑着说。

“好啊好啊！刚才真是多谢你们出手了！”张凝香答应说，“你真像我女儿呀，但她可没有你这么开朗，一看见你我的心情就好多了。”说完还冷冷地白了冷无愁一眼。

冷无愁人如其姓，一路上沉默不语，心事重重。

出租车停在繁华的市中心，我们帮冷氏夫妇定了一间五星级饭店的总统套房。

在铺着华丽地毯的大堂里，张凝香掏出一张照片，诚恳地问：“不瞒两位，我们此行是来尼泊尔寻找失踪的女儿，不知两位可否帮忙？”

“你女儿失踪了？”小妹愕然地问，“怎么回事？可否说来听听？”

我看似面无表情内心却已经笑翻了，小妹的表演简直可以荣获本年度奥斯卡最佳女主角。

“是的，大家都是中国人，有什么要我们帮忙的一定会尽力而为。”我不甘落后，勉强拿个小配角提名就好。

张凝香用询问的眼光瞟了一眼冷无愁，冷无愁看了我们一眼，漠然地点点头。张凝香这从一个精美的钱包里取出一张照片来。

小妹一眼就认出那张照片正是自己在“神笔寺”拍到的冷梅的背影，也就是她在中国时通过网络发送到冷氏企业，以“绑架”为借口“勒索钱财”的那张照片。

“好美的雪山，这是谁？背影好优雅。”小妹的演技已是炉火纯青。

“有人发了我女儿的照片给我，说她在尼泊尔。”冷无愁皱眉道，“我本来已经准备好了赎金，但绑匪又迟迟不与我们联络，我们只好抱着最后一丝希望亲自来尼泊尔找她。”

“你们知道这座雪山在哪里吗？”张凝香被这么一提，内心的焦急又重新跑了出来。

“好熟悉呀。”我努力地挠挠头，“小妹，这个地方我们应该去过……”

“我记起来了！”小妹心领神会地接戏道，“是‘神笔山’，你看，那么突兀陡峭的山峰，应该没有错，是不是大哥？”

“对！就是那里！山上还有座‘神笔寺’，我们去年登山时就借宿在那里。”

冷氏夫妇的眼睛顿时瞪得老大，突如其来的线索让他们异常的激动：“真的有这座山，你们还去过？”

“去过！”我拍着胸脯道：“我马上去订车，我们明早出就发，下午应该就能到山下，顺利的话，天黑前就能到寺院了。”

“梅儿真的在那里？”张凝香对如此轻易就知道了女儿的所在之处感到有些难以置信，她不住得自言自语，眼睛里噙满了泪花，“梅儿，这些年，是妈妈不好……妈妈没有好好照顾你……”

我和小妹面面相觑，真没想到听到女儿的下落，张凝香的情绪会如此失控。

“你先别激动，现在只是一个背影，等真的找到人了再说吧。”冷无愁不愧为商人，在这个关头还能维持理智，但即使嘴上这么说他的额头也已经微微沁出汗水。

“那两位就先好好休息吧。”我和小妹打算先行告辞。

“我……”张凝香做了一个要跟我们出去的手势，似乎不想和“前夫”共处一室。

“套房很大很舒服，两位好好休息吧。”床头吵架床脚和，我们想方设法“撮合”这对名存实亡的夫妇，他们也只好半推半就地住在了一起。

我要出门前，冷无愁忽然叫住了我。

“有什么事？”我停下脚步好奇地问。

“一点小意思。”他从兜里掏出一沓大额美元，这些钱估计在尼泊尔买一栋小房子都不成问题。

我心中恼怒，这商人市侩的本性真是不改，本想清高地拒绝他，但一想不能露了马脚。于是学着《儒林外史》里的胡屠户一把抢过了钞票，攥得紧紧的，又推过去道：“大家中国人何必客气，你还是收回去吧。”

冷无愁早就料到似的轻蔑地笑笑：“你做的也是小本生意，明天包辆好点的房车吧。”

“谢谢冷先生，谢谢冷先生！”我忙不迭道，于是慌忙把拳头又缩了回来，将钱全数揣进裤兜里，吹着口哨小人得志般地走了。

身后传来轻蔑的“哼”声，而后房门响亮地关上了。

我回头看小妹，小妹早已捂着肚子，趴在酒店的过道上笑得喘不过气来：“大哥，你演得太肉麻了，哈哈！”

“你再笑，你再笑！我捏你脸了啊！”我张开满是铜臭的双手去捏妹妹的娃娃脸。

小妹尖叫一声，好像赌徒遇见了讨债鬼，脚底抹油，狂奔而逃。

翌日清晨，我们到酒店去接冷氏夫妇。

刚准备敲门，张凝香却已经未卜先知地打开了房门。

她两眼通红，面色憔悴，显然是一夜未睡，天还没亮，就神经质地在门口徘徊，等待我和小妹的出现。

而冷无愁更是颓废地歪倒在沙发上，凌乱的桌子上堆满了燃尽的烟头和空空的酒瓶子。

“嘘，他刚睡着，先不要打扰他。”张凝香对“前夫”还是很有情有义的。

“让他再睡十分钟吧。”小妹理解地说，“房车在加油，马上就可以出发了。”

张凝香安静地坐在冷无愁的旁边，帮他把翻身时滑落到地上的毛毯轻轻地盖好，眼神里充满了温柔，让人感觉到那种长相厮守的默契与感动。

就在这时，冷无愁突然癫痫般地挥舞着双手，大叫道：“凝香，凝香！你快回来！你快回来！”

“我在这里，我在这里……”张凝香温柔地抓住他的手，“不要担心，我一直都在……”

“真的吗？”冷无愁像孩子做了噩梦一样懵懂地醒来，扑到张凝香的怀里，“我刚才梦见你也突然失踪了，真可怕，全世界的人好像全都失踪了……”

听了这样的噩梦，我不由毛骨悚然。

繁华喧嚣的都市社会，一瞬间变成空无一人的死城，只剩自己漫步其中，那种恐怖的感觉真让人从头凉到脚……

冷无愁在张凝香的爱抚下渐渐平静下来，他抬起头看到门口的我们，似乎有点不好意思：“我去洗个脸，马上出发。”

看着他匆忙离去的步伐，我和小妹不由长长地叹了口气，本来幸福美满的家庭，何苦一定要弄到如此支离破碎的地步呢？

上了宝马房车，我们径直朝“神笔山”出发。

熙熙攘攘的都市街道渐渐被抛在后面，车子驶入偏僻的乡村小路，茂密的树林后不时跑出一些脏兮兮的小孩，向我们兜售一些佛像、唐卡等纪念品。

我们拐了七八个小村落，又绕过了几座小山和吃人不吐骨头的泥潭沼泽，前面已经渐渐没有了道路，我们只好选择下车步行。

尼泊尔的风光多变，有时莫名其妙还会跑出一座热带雨林般的树丛，藤蔓缠绕，多亏了我在杜巴广场买的那柄廓尔喀弯刀，我一路披荆斩棘，杀出一条道来。

廓尔喀是尼泊尔的“国刀”，我买的可是真正上等的真品，刀刃奇利无比，刀套上镶嵌着宝石，在刀身底部有小小的V形凹痕，可以将拔出后的鲜血引导出去以免玷污刀柄，刀套背面还有两把小刀，可以用来去皮，有点像瑞士军刀。

我们艰难地步行了近一个小时，终于抵达神笔山的山脚下。这时刚好是下午四点，张凝香已经渐渐有些体力不支，小妹十分担心她能不能支撑到山上的神笔寺，但在寻找爱女的强烈信念下，她还是一步一步坚定无比地朝“神笔山”上走去。

幸亏天气还算不错，云淡风轻，但冷氏夫妇却根本无心欣赏这优美超俗的风景，他们只是不停地抬头仰望高不可攀的山顶和周围冷清的雪景，脸上的表情显露出对冷梅的下落无限担忧。

“真的是这里，真的是这里！”张女士掏出照片对比实景道，“绑匪给的照片就是在这座山上拍的！”

我偷偷瞅了一眼小妹，她的表情也有些不忍心。我们不约而同地想到一个严重的问题，自私的我们用了并不光彩的手段把冷氏夫妇骗到千万里远的国外，这座偏僻孤冷的雪山上，不过想为了证实所谓的“梅仙”是不是失踪的冷梅。

如果是，大团圆结尾，固然值得好好庆祝一番；

如果不是，如果不是……我不敢设想结尾，也许张凝香心灰意冷，一头从雪山下跳下去也不一定，而冷无愁也许就地生根，青灯古佛地了结残生……

于是当要走到神笔寺的时候，小妹的脚步不由自主地慢了下来。

而我虽然听过小妹对“神笔山”的详细描述，但直到身临其境才发现这雪山的美是远非语言所能形容，周围宁静祥和，无瑕透白，简直是神留给人类的一块乐土！

当那座寺院出现在我们四人眼前之时，那种对于当年的建造者的崇拜和敬仰油然心生。他们是怎么把石料、木材等运到这荒凉雪山的悬崖峭壁上的呢？

还没到寺院的门口，远远地就看见一个小沙弥飞也似的跑了下来。

那惊人的速度真让我大吃一惊，就在要撞到我的一瞬间，他神奇地扎稳了脚步，脸不红气不喘，那双纯洁的大眼睛一眨不眨地望着小妹：“姐姐，姐姐你又来了！”

冷氏夫妇露出更加相信小妹的表情，以为小妹说过的话全都属实。

“小圆通？”我笑着合十道。

圆通朝我回礼：“施主一定是姐姐的哥哥吧！”

“为什么不说我是她男朋友？”我笑着问。

“因为我知道。”

“你怎么知道的？”我奇怪地追问。

圆通好像怕被我追查到什么，低下光头，沉默不答。

小妹从包里取出一个音乐盒和一些文具送给圆通，他欢喜地带着我们朝寺院走去。

到了庄严的寺院里，我顾不上参观神圣的殿堂，迫切地想求见普智大师。

但圆通告诉我大师又在雪山里闭关静坐了。我不由为缘悭一面感到无比遗憾。

“我要见冷梅……”张凝香拉着我的袖子紧张地问，“她在哪里？绑匪在哪里？”

“别急，一切自有打算。”我先安慰冷氏夫妇坐下。

“似乎大师已经从绑匪手中解救了冷小姐。”小妹说了个善意的谎言。

我又编了一个普智大师大战绑匪，高僧救美的传奇，告诉他们冷梅现在十分安全，只是虚惊一场。圆通听得一头雾水，小妹朝他挤眉弄眼示意他少管闲事。

“谢谢佛祖，谢谢佛祖，见到女儿后我们一定会来还愿的。”张女士恭敬地在菩萨面前说。

圆通一边给我们沏茶，一边不解地看着我们。

小妹对圆通漫不经心道：“西厢画廊里的佛像都画好了吗？”

“画得差不多了。”圆通道。

“她真是个了不起的画家！”小妹故意把话题转到了梅仙的身上。

“嗯。”圆通勉强应了一声。

“你今天怎么了，闷闷不乐的？”小妹奇怪地问。

“我……”圆通欲言又止。

“你大胆说，如果你又做错什么事情，我可以替你向普智大师求情。”小妹温和道。

“不！不！”圆通后退一步，摆手道，“我没有做错什么！”

“那到底发生什么事了？”小妹问，“瞧你慌慌张张的！”

“梅仙她，她生我的气了……”

“啊！”小妹大吃一惊，“你好好的怎么招惹到她了？”

“我很喜欢画画，每天就缠着她教我画佛像，她也肯教我。但昨天晚上她教我画佛像，我学了两个时辰，连一条飘动的丝带都画不好……呜……”圆通说着说着，居然伤心地哭了起来。

“学画不是朝夕之间就可以成功的，需要日积月累的练笔才能逐渐进步。”张凝香安慰难过的小沙弥。

“可是她一定很生我的气，要不然她为什么要离开寺院呢？”圆通越说越伤心，索性哇哇大哭起来。

“什么！梅仙离开寺院了！”我大叫一声，一把抓起哭啼不止的圆通，“你说清楚点，梅仙到哪里去了？”

圆通被我一抓，哭得更厉害了，外面几个年长的师兄走了进来，看发生了什么事情。

“哥，放开他！他还是小孩！”小妹把圆通拉过来，摸着他的头柔声安慰他，“别哭别哭有事和姐姐说，姐姐一定帮你把她找回来。”

这不过是安慰小孩的话，其实小妹与梅仙还有过结，而且梅仙行踪不定，身份神秘，普天之大，哪有那么好找？

“你们说的梅仙是谁？”张凝香迟疑地许久还是问了出口，女性的直觉告诉她梅仙很可能就是她失踪已久的女儿。

精明的冷无愁也露出了怀疑的神色：“她到底在不在这里？”

“我真不确定……”我抱着头，脑中也是一片混乱，“圆通，你先带我们去画廊看看她的画吧。”

圆通在小妹的安慰下，带着满脸泪痕领着我们来到画廊。

其实我的心里很清楚，梅仙的离开根本不是因为圆通学不好画，而是因为她知道了我们会来！在细致地说，应该是她不想见到她的父母，所以才运用了她未卜先知的能力，就像她知道小妹和登山队员是在哪里遇险的一样，而这种能力是不是也是那支神奇的笔带给她的？

走进森严肃穆的画廊里，只见满壁都是栩栩如生的佛像人物，金碧辉煌，气势宏伟，实在是巧夺天工！

我无论如何都不敢相信这样古典雅致的笔墨是出自今人之手，但张凝香仔细地端详了半天后道：“像……不像……奇怪了，有些的确是梅儿的手笔……有的又不像……太美了……”

而冷无愁却早已两眼放光，他是做古董起家的在这方面绝对称得上是行家：“太不可思议了！不可能，不可能的！”他拼命地摇着头，又使劲揉了揉眼睛，根本不敢相信眼前所看到的一切。

“到底怎么了，你倒是说清楚点。”我焦急地问。

冷氏夫妇已经完全陶醉在美艳不可方物的壁画里，对我的提问充耳不闻了。

圆通指着一张画哭道：“梅仙就是教我画这幅画的衣带，但我怎么也学不会画这飘动的带子……”

我仔细揣摩着墙壁上的那幅画，觉得似曾相识。但那画精彩非凡，古意盎然，难道在这神秘的雪山之巅我的前世记忆被唤醒了？

“吴带当风！”聪灵的小妹惊叫道，“大家应该都听说过这幅画的作者！”

“曹衣出水，吴带当风！”我终于从脑袋里找出关于这幅画的记忆，“这是吴道子的作品，他的画以疏体而胜晋人顾恺之、陆探微的密体，笔不周而意足，貌有缺而神全！他还变东晋顾恺之以来那种粗细一律的‘铁线描’，善于轻重顿拙似有节奏的‘兰叶描’；突破南北朝‘曹衣出水’的艺术形式，笔势圆转，衣袂飘飘，盈盈若舞，具有天衣飞扬，满壁风动的效果，真是一代‘画圣’！”

“的确是吴道玄的作品！”冷无愁表面冷冷地说，实际上内心早已心潮澎湃，能看到古代名家的真迹是每一个艺术家毕生的梦想。

但无数的疑问却应运而生于众人的脑海之中。

“这如果真的是吴道子的作品，那怎么会出现在此地？”小妹难以置信问，“由于年代久远，战乱连年，史书中记载吴道子的作品根本没有真迹传世，现在能看到的都是摹本，有些甚至因为临摹多次，已经走样得离谱。”

“到底是冷梅画的还是吴道子画的？”我的提问很直接。

“是梅仙画的！”圆通说，“我亲眼看见她一笔一笔勾勒出来的，真是太神奇了！她是我的老师！”

我们互相大眼瞪小眼，难道说梅仙已经达到了吴道子的境界了吗？

“梅仙原来是叫冷梅吗？”圆通天真地问，“好美丽的名字！”

我无法回答这个问题，但突然想到一个重要的疑点：“梅仙的那支笔呢？”

“她带走了。”圆通腼腆地说，“其实我好喜欢那支笔，还私下问她能不能借我。梅仙对我的要求什么都答应，但就是那支笔，碰都不准我碰。”

转了一大圈，问题又回归到那支神奇的毛笔上面。

“照圆通这么说，梅仙也是在晚上离开的。”小妹推测道，“但上下山只有一个通道，我们根本没有遇见她，也没有看见下山的足迹，她是不是还在山上？”

“山上风雪无常，一个女子的脚印被覆盖了还是说得过去。”我沉吟道，“可是她为什么要躲着我们呢？”

“很简单，她不想见我们。”小妹说。

“是不想见你和我，还是不想见……”我转头看了一眼冷氏夫妇。

如果这是一场赌博游戏，我决定赌梅仙就是冷梅。

“哎……其实我也未必一定要带她回去，如果她真的在这里，那我也放心了。”张凝香叹息道，“古人云，父母在，不远游。现在交通方便，只要知道她是平安地住在这里，我能时常飞来看看她也就心满意足了……”说到后面，她已经哽咽着潸然泪下。

冷无愁体贴地把她搂在怀里，轻轻拍着她的肩膀，像一对患难与共的夫妇，那场面真让人无比感伤。

我想冷梅如果在场的话，一定会愿意跟父母回家的。

夜色已深，圆通和师兄们打过招呼，殷勤地安排我们四人在寺院里住下。

我和小妹秉烛夜谈又做出许多假设，比如吴道子的灵魂上了梅仙的身，但梅仙见到阳气很重的我怕法术会失灵，所以故意避而不见等等……

小妹听得直打哈欠，于是我们就各自回房歇息。一躺到床上，我就进入了梦乡。

睡梦中，我突然听到一个悦耳的声音轻轻道：“莫先生，莫先生……”

我懵懂地睁开眼，竟发现自己并没有睡在房间的床上，而是睡在一棵菩提树下，周围花木繁茂，一片幽静，隐隐还能听见潺潺的溪水声。

一个容颜忧郁的女子在朝我微微招手，我定睛一看，这不正是无数人朝思暮想的冷梅吗？

“我们又见面了……”冷梅忧伤地叹了口气。

“是的，我带你的父母来找你了。”我激动地向她走去，但一走近却发现她出现在另一棵树旁，每当我靠近她，她就像清晨的雾一样立即消失了，而后又在另一棵树下出现。如是再三，我们始终保持着咫尺之距。

“怎么会这样？”我惊呼，“为什么我不能靠近你！”

“你别问，有些事我自己也说不清楚，但我很喜欢现在的这种状态，请你们不要再来打扰我。”

“可是你的父母……”

“你要好好安慰他们，让他们安心回中国。我已经原谅他们过去对我疏忽的爱与关怀，希望他们离婚以后，能彼此找到新的幸福。”冷梅淡然道。

“你能够接受你父母离婚的现实？”我不敢相信自己的耳朵。

“是的，与其痛苦地纠缠在一起，不如早点放手。”冷梅站在两棵互相纠缠的菩提树下，渐渐消失在婆娑的树影后，“对了，有一封信，麻烦你转交给我的父母，谢谢……”

她优雅地转身，莲步翩翩，像遇见阳光的雾一样消失在优美如画的森林中……

一阵清柔的风从天堂之远吹来，一封信像蝴蝶一样从空中婉转飘下，轻轻地落在我的掌心。

“冷梅！冷梅！”我大声挽留却得不到回应。

七
邪恶走私党

“哥！哥！”恍惚间我听见小妹在叫我。

我迷迷糊糊地睁开眼睛，才发现自己做了一个很离奇的梦。

“哥，你做噩梦了？刚才一直手舞足蹈地想抓住什么？”原来隔壁的小妹是被我的大叫给引来的。

于是我就把那个古怪的梦说给小妹听。小妹听完，瞪大了眼睛：“哥！你是不是在开玩笑！你的桌子上真的有封信！”

“什么！”我转过头，简直不敢相信自己的眼睛，床边的桌子上的确放着一封信。

“不是你的恶作剧吧……”我的思维在真实和虚幻中纠结，“我梦见冷梅叫我转达口信给她的父母，然后醒来这封信就出现了……”

“怎么会这样？”小妹怀疑地说，“你不会是梦游吧！”

“不！这绝对不是我的字迹，这么娟秀的蝇头小楷一看就是闺阁小姐所书。”我鉴定道，“不如直接拿给他们看看吧！”

“嗯！”小妹捧着信朝张凝香的房间跑去。

张凝香一看到信封上的自己就忍不住泪如泉涌：“真的是梅儿！真的是……”

“是她！是她！”冷无愁激动得眼球都快要掉了下来。

张女士颤抖着打开信封，我十分好奇信的具体内容，但这毕竟是别人的隐私我不方便擅自过问。

小妹站在旁边扫了两眼，把我拉到一边压低声音道：“哥，是一封家书。冷梅说她希望与世无争地住在这里，让她的爸爸妈妈好聚好散，回家继续寻找彼此的幸福。”

“唉……”我想起梦中冷梅所说的，无奈地叹了口气，“到底冷梅是如何把现实和梦幻融在一起的呢？”

“她仿佛真的已经达到神仙的境界。”小妹叹道，“看来我们两个不过是自寻烦恼的俗人罢了。”

冷氏夫妇在寺院里苦苦等了一周，期待能等到爱女的消息，但是左顾右盼冷梅最终还是没有再出现，寺院里倒是来了一群吵吵嚷嚷的拜山信徒，他们对画廊里的壁画赞不绝口。看见女儿的作品能得到世人的喜欢，倒也聊慰冷氏夫妇的伤心。

相见时难别亦难，冷氏夫妇的旅游签证很快就到期了，他们一个有庞大的企业等着回国经营，另一个也还要回去继续采访工作。

我和小妹送冷氏夫妇到机场，途中难免感慨万分。

在人来人往的机场大厅里，冷无愁大方地留了一大笔钱给我作为导游的酬劳，我也不好推辞，就代为笑纳回头准备转交给寺院作为香火钱。在尼泊尔为了方便，他还买了一个当地的高级手机，也随手送给了我。

告别了冷梅的父母，我的心中感到无比的失落。这件离奇的案子似乎已经到了山穷水尽的地步，而我和小妹作为沦落尼泊尔的偷渡者，必须重新想些法子才能回国。

就在我和小妹开车回寺院的路上，一辆车从后面缓缓超过了我，我不经意地瞥了一眼，顿时全身热血沸腾，立刻激动地踩下油门追了上去。

“常洛阳！”我指着对方的鼻子激动地叫道，“你，你怎么会到这里来了！”

“你认错人了！”对方惊恐地辩解，随即风一样地开走了。

他不辩还好，我只会以为是偶遇的一个酷似常洛阳的人，但他辩解时用的却是中文，而且还带着浓重的河南口音，此地无银三百两！这人不是常洛阳还会是谁！

我马上紧紧地跟了上去，不是本人车技的问题，我的房车虽然性能良好，但就是车身有点偏大。在一个十字路口，一辆推土机与一辆大卡车刚好同时横行霸道地冲了过来，常洛阳的车恰好从两车之间的缝隙中钻了过去。

我尾随疾驰，却差点引发一起严重的车祸。在万分紧急的时刻，我只好一个大幅度的拐弯，差点把刹车板给踩穿了才终于避免了撞上那两辆车，但车子的巨大惯性还是迫使我重重地撞翻了路边的一个水果摊，为此我不得不花了几万卢比才摆平纠缠不休的尼泊尔商人。

“该死！居然就这么让他给跑了！”我对机会的逃走心有不甘。

“混蛋！”小妹罕见地骂道，“这掘墓的家伙怎么也跑到这里来了！”

“八成也是为了那支笔，我一定要找到常洛阳！问清那支神笔的究竟来。”

小妹沉默了一会道：“这件事越来越扑朔迷离，看来真正的恶战现在才开始。”她打了个电话给蛇头，取消了本周回中国的事宜。

天色已暗。我们心事重重地返回寺院。刚一到寺院门口，就看见圆通耷拉着脑袋，一动不动地跪在冰凉的庭院石板上。天边弦月如钩，照得圆通的背影格外孱弱凄凉。

“小师父你怎么了？也修炼起瑜伽术来了？”我开玩笑道。

“圆通怎么了，男子汉不准掉眼泪哦。”小妹发现了圆通的异样。

“我，我……”圆通刚一说话，大滴大滴的眼泪就从脸颊滚落到地上。

“快说，发生什么了？”我突然产生一种不祥的预感。

“画不见了……”圆通哭哭啼啼道。

“哦？画不见了？”圆通的回答没有让我大为惊讶，因为方法弄丢过那幅怀素的书法，而我也弄丢过那幅冷梅的雪山画。

“是不是突然间就没了？”小妹拉圆通起来问，“别哭别哭，先起来，是谁让你罚跪的？”

冲动的我立刻要去找年长的僧人理论。

“不，那画不是神仙拿走的，是被人给偷走了……”圆通挣扎出小妹的手腕，抹着眼睛难过道，“莫先生，不要怪师兄，是我自己要求罚跪的。我负责管理画廊，画没了是我的失职。”

“你到底在说什么？画是怎么没的？”我听得一头雾水，看来有时候很多事情的确很难用语言表达清楚。

比划了半天还是没搞清事实的真相，小妹拉起我跑向画廊，当目光接触到画廊墙壁的一瞬间，所有疑问都解开了。

墙壁上的画被人挖走了一大块！

这根本是最下三烂的偷窃手法。原本一气呵成的墙壁上，那段净饭王带释迦牟尼去受礼的神来之笔被人硬生生地从墙壁上挖了下来。这分明是文物贩子的卑劣手段！

壁画，顾名思义自然是画在墙壁上的，如果挖下来就损坏了其整体性，是对文物的巨大破坏。相传当年张大千在敦煌考察时为了方便，把高墙上的一些壁画挖了下来好做临摹，如此行径后来为人诟病。不知这个传闻是否属实，但一个艺术巨擘至少应该懂得妥善保存壁画的道理。

“怎么会这样。”我跑出画廊，返回庭院，惨淡的月亮照得圆通的小脸显得无比可怜。

“太卑鄙了！”小妹气得头发都竖了起来。

“下午又来了一些拜山的信徒，我昨天学画太累，打了个盹……”圆通惭愧地说。

“这雪山本就十分偏僻，寺院名气也不大，信徒应该很少，但最近来拜山的信徒却莫名地多了起来，这本就是一个很大的疑点。”我推测道，“他们根本不是虔诚的佛教徒，不过是一群混在香客中贪婪无耻的文物贩子。”

“越是古老的国度，如此破坏文化古董、非法敛财的恶意之徒就越多。”小妹为这种卑鄙无耻的行径如此猖獗感到悲哀。

“我们一定要抓住偷壁画的犯罪分子。”我握紧拳头说。

“你以为你是谁啊，飞驼侠吗，大作家，清醒一下吧。”小妹向我泼了一大盆冷水。

“哎……也是，还是交给尼泊尔的警方来处理吧。”我考虑了下，在这人生地不熟的国外确实无从下手。

“可是警察一来，媒体一报道，这里的壁画恐怕就更保不住了。”小妹无奈地说，她似乎不赞成报警，“好不容易找到一个可以潜心修行的地方，冷梅甚至愿意放弃奢华的生活住在这里，我们又何必去招惹更多的麻烦呢。”

“照你这么说，我们只能打落牙齿往肚子里吞了？”小妹的话确实也有她的道理，但就这么算了让我心里不免有些憋气。

“我也说不上来。”小妹悲观道，“我想为社会做许多事情，但到头来却发现做一件小小的好事都相当困难。”

“做好事难，做坏事却很容易。”我指着残缺的壁画道，“破坏永远比建设简单。”

那一夜，我反复回想着小妹的对话，辗转反侧。半夜醒来，我起身在庭院闲逛，圆通还坚持不懈地跪在庭院里反省，一股敬佩之情油然而生，小小年纪就能有如此自识与韧性，他日必然领悟得道，修成正果！

接下来的几天，我和小妹每天下山到处闲逛，希望能有撞见常洛阳的机会。但茫茫人海，要遇见一个人谈何容易。

我们上网下载了中国政府公布的通缉常洛阳的照片，然后拿着照片像电影里那样去许多声色场所，想找到一些关于常洛阳的蛛丝马迹。但每个人都是不耐烦地看一眼，就拼命地摇头。

接连好几天都是无功而返。我甚至开始怀疑那天看见的到底是不是我们认识的常洛阳，还是我和小妹的集体幻觉。

“对了，那天我似乎看到他的副驾驶座上有个球状的包裹，里面露出呈椭圆形的一角。”小妹回忆道。

“我似乎也有印象。”我努力琢磨道，“那么人的球体，启动车子的时候还看到震得坐垫都凹了进去，那似乎是……”

小妹用笔在素描纸上画了一个椭圆的轮廓：“这是什么玩意？”

“这个……怎么这么眼熟……”我努力回忆道，“好像在哪里见过。”

“的确……”小妹懊恼地捋了一下头发，露出了美丽的耳环。

“哈哈！我知道是什么了！”我兴奋地叫起来。

“是什么？”小妹不解地甩了一下长发。

“是耳坠，是佛像的长耳朵，那个东西应该是……”

“一个佛头！”小妹在纸上画了一个轮廓，惊呼道，“常洛阳真是死性不改，一到尼泊尔就又从事起贩卖古物的违法勾当了！”

“我知道我们在哪里可以找到他了！”我灵光乍现，迅速开车朝加德满都最臭名昭著的巴当市地下黑市赶去。

在那个人间炼狱般的地方，只要有钱什么都可以买到！枪支、毒品、古董、赃物、人体器官，只要地球上有的，在那里就都能买到，地球上没有的，那些黑商也能想着办法满足各种各样变态扭曲的欲望。

小妹花了一大笔钱，通过尼泊尔当地的一个小头目进入了黑市。那其实是一个脏、乱、差的社区，连政府都已经彻底放弃了对这里的管辖。

那小头目在社区入口处对我们说：“你们来这里找人是对的，只要这个人还有一根屌毛在这世界上，我们就一定能抓住他的鸟蛋。”

小妹鄙夷地看了他一眼。

看着我们走进社区，他在身后善意地提醒道：“在黑市里你们和谁开玩笑我都能搞定，但是千万不要惹了一个叫‘金右臂’的家伙！”

“他是什么来路？”我不解地回头问。

“别理他！”小妹拽着我进了黑市。

刚走了没几步，就有一个军火贩子公开向我们兜售各类枪支，那个商贩拉开风衣，简直就是一个小型的移动军火库，除了各式各样的小型手枪和手雷外，皮带上还整齐地绑着几颗定时炸弹！

“哥们，来把手枪如何？”他说，“是男人就应该随时带两把枪。”

我本不想买，但经不住他死缠烂打，而且估计我不买，他会一直缠着我，影响我们原本的计划，于是我勉为其难地买了一把德国HK公司生产的OHWS进攻型手枪。

我付了钱，把枪揣在兜里。临别的时候，我还顺便把常洛阳的照片给小贩看了一下，那军火贩子眯着眼睛看了一眼后便轻蔑地笑道：“哦，这该死的中国佬，天天变着法子把我们的佛像卖到美国去！”

"你认识他？"我突然觉得那小头目对这里的介绍确实不假，居然如此简单就打听到常洛阳的消息。

"是的，他最近经常在这里出没。"军火贩子道，"这人是最近一两个月才冒出来的，但似乎有点来头，不过我也不能确定，因为中国人长的都差不多一个样。"

在军火贩子的指点下，我们找到一家文物店，这家店表面上卖的都是冠冕堂皇的纪念品，当然也有一些印度神油，摆出奇怪交媾姿态的欢喜佛什么的，但实际上这里是当地文物黑市的一个联络点。

当我把常洛阳的照片拿出来，一脸肥肉的店主接过照片仔细地端详了许久，演技很烂地摇了摇头："不认识。"

"真的没见过？"我追问。

"不认识，走啦走啦，打烊了。"店主催促道，显然他不想告诉我实情。

"我们想从你这买一点特殊的东西，"小妹朝我使了个眼色，"比如一些佛头或者壁画什么的，如果你有的话可以打我们的电话。"小妹在一张唐卡的背面写上冷无愁送给我的那个手机的号码，又丢了几张大面额的钞票在柜台上，出门时顺手拿走货架上的一个狰狞的小木偶。

店主的神情随着那些钱而有所缓和，似乎很愿意和我们这两个有钱的顾客做一笔大买卖，但似乎又出于对某些事的畏惧，不敢立刻答应我们。

一切的线索似乎又都断了，我和小妹沮丧地走出店门。

刚踏出店门，一个踩着滑板的小混混听着音乐扭动着朝这边滑来，刚好和我撞了个满怀。

“对不起，对不起……”我真诚地道歉。

“你他妈的长眼睛了吗？”小混混很嚣张地骂道，但当他抬起头瞪我的一瞬间，凶狠的目光却突然变得惊恐和畏惧。

“你怎么了？”我不由起了疑心。

小混混愣怔了一下，一个漂亮的空中带板转身就逃。

小妹大叫一声：“我想起来了，他那天也在寺院里参观壁画！”

犯罪者都喜欢疑神疑鬼，总是怀疑自己被人撞破所犯之罪。其实小妹只是无意间发现这混混是一个曾经在寺院里有过一面之缘的游客，但他却慌张地以为他的罪行被我们给发现了。

而就在他转身逃跑的一瞬间，我马上意识到事态的严重性和背后可能隐藏的线索：“寺院的壁画被偷和他有关！”

果然一语中的，那混混脚下的滑板更用力了，身影飞快地消失在热闹的街市中。

我卯足力气追了上去，但双脚再快始终还是比不过滑板，但好在这个社区的地面到处都坑坑洼洼的，又有许多错乱的阶梯，滑板的行进也并不能如意，所以他一时间还处在我们的视野范围内。

追到一个下坡的楼梯旁，脚踩滑板的混混一下狠心，一个高难度的侧身直接跳上扶手的那根钢管，从上面潇洒地滑了下去。

我不甘心让他就这样从我眼皮底下，于是只好咬咬牙直接从四五米高的楼梯上跳了下去，没算准着陆点的我跌落到又脏又臭的垃圾堆里。

“站住！”我大喊，“抢劫！”我决定让前面的人替我阻拦他一下。

但怎料不喊还好，“抢劫”两个字话音刚落，前方几个溜达的人立马为小混混让出一条路来。

我气喘吁吁地追了上去，嘴里将那些没有丝毫正义感的路人大骂了一通，但那小混混早就顺利地拐了个弯，蹿进一条黑暗的小胡同。

我奋不顾身地追了进去，希望能他堵在里面。胡同里虽然曲折，但我依然能凭借滑板摩擦地面发出的噪音判断出他的大概位置。

突然在一个急拐弯之后滑板的声音消失了。

他可能是走进死胡同了，我欣喜地追了上去，刚飞身拐弯就发现大事不妙！

几十个穿黑衣的汉子在胡同后的仓库边进行黑市交易，其中一个人的右手竟然完全是金色的！赫然正是那个小头目说的“金右臂”！他用恶狠狠的眼神瞅着我，手中抓着一只硕大的佛头，而他的交易对象居然是我此次苦苦追寻的目标——常洛阳！

不是冤家不聚头！

小混混害怕地拽着金右臂的衣角：“老大，这个中国人找我麻烦……”

“是你的人吗？”金右臂怀疑地问常洛阳，“你他妈到底带了多少人来交易！”

“不，不，不是我。”常洛阳指着我的鼻子骂，“你这人到底是什么来路的，怎么老阴魂不散地跟着我。”

我还没来得及回答，小妹却气喘吁吁地提着高跟鞋跑进胡同：“哥，我来了。”

“还有人！”金右臂大恼，做了一个凶残的手势。

顿时几十支黑糊糊的枪拔了出来，我眼疾手快，把小妹往后一推："快跑。"

但金右臂的动作也一点不慢，"砰"的一声枪响后，眼看着子弹瞄准我的心脏而来。

小妹慌乱之中将刚才在店里买的木偶投了过去。

"轰"的一声，木偶被击中，碎成一堆齑粉。

高速运行的子弹遇到阻碍，原本锁定的目标发生了偏差，擦着我的肩膀飞了出去。

"砰砰砰！"我也不甘示弱，手中的OHWS接连几下点射，将几个保镖握枪的手打得血如泉涌。

与此同时，我身后的墙壁也闪耀出阵阵火花，转眼间多了许多漆黑的小洞。

而金右臂与常洛阳两方也拉开距离，互相激烈地火拼起来，一场惊心动魄的恶战因为我的无意闯入而爆发了。

我拉着小妹的手仓皇逃跑，要我单枪匹马对付一个残暴的犯罪集团简直是痴人说梦，有几条命都不够用的。

我们刚狼狈地逃出了黑市，身后密集的枪声也渐渐平息了下来。黑市门口几个人仍然在闲逛，对发生枪战这种事似乎早已司空见惯。黑帮火拼很快就会结束，成王败寇的游戏永远都是这样。

一大群摩托车党在坐骑发出的巨大轰鸣声中朝我们这边冲了过来，他们漆黑的风衣右侧都纹着一块金色的护臂。

"快逃，金右臂的人追来了！"我拉起小妹一路狂奔。

身后是无数不长眼睛的流弹，死亡离我们如此之近，抱头鼠窜的我们像极了黑色丛林中被猎人追杀的猎物。

"卟——"我的右臂被一颗子弹击中了，殷红的鲜血顿时冒了出来。

“哥，你受伤了！”

说话间，后面的摩托车党已经近在咫尺，而我们的面前是一面四五米高的铁丝网，铁丝网外是波光粼粼的河水。

“翻过去！”我命令道。

“天啊。”小妹绝望地叫道，“太高了吧。”

“有我在呢。”我托住她的腰，奋力将她举起。

“快点。他们来了。”小妹已经爬到铁网的最上端，看着身后的追兵，焦急地催促我道。

我回头望了一眼看不到尽头的摩托车，看来这次真的是凶多吉少了。

“轰隆隆……”摩托车在我身下不足两米的地方停了下来，车灯散发的巨大光芒将黑暗中的我们暴露无遗，子弹“劈里啪啦”地射在铁丝网上，绽放出阵阵火花，有些甚至擦破了我的手和脚。

“该死。”我一个轻巧的提纵，双手抓住铁丝网的上沿想甩身翻过去，但是才一用力，受伤的右臂就血流不止，让我完全使不上力气。

“别动！”一个阴冷的声音从身后缓缓传来。

那是金右臂的声音，他骑着一辆漆黑的摩托车穿过手下让出的通道来到我的身后。

“小妹，快跳！”我知道自己恐怕是逃不出这儿了，只好寄希望于小妹能安全脱身。

“不。”小妹伸手试图把我拉上去。

“砰。”一颗瞄准小妹腿部的子弹却射偏到她的脚边，脚下一颤使小妹慌得失去了平衡，以十分不雅的姿势掉进铁丝网外的河中。

“举起手来。”金右臂在身后命令道。

“因为妒忌我比你多一只手吗？”我要尽量争取时间让小妹逃走。

“我讨厌你这种标准的中国话！”金右臂对我的玩笑感到非常得恼火。

“轰。”纯金做的手臂果然很硬，我只感到眼前一黑就失去了知觉。

醒来时只感到头痛欲裂，我睁开眼睛发现自己身处在一间昏暗的牢房里。手脚被绳子绑得严严实实的，根本无法动弹。

“需要这么防备我吗？我又没有三头六臂，这样我连挠痒都挠不到。”我懒洋洋地向看守抱怨说。

看守我的是一个骨瘦如柴的小混混，他见我废话那么多，对着我就是一阵拳打脚踢：“小子，这是金右臂的地盘，给我老实点。”

“你他妈就不能安静点吗？”在牢房的角落里传出一声闷响。

“拜托，如果是放屁就请大声点，不要吓我一跳好吗？”我这才发现牢房里居然还关着另一个人——常洛阳！

“你到底是什么人？”常洛阳恶狠狠地问，“老子这次可被你害惨了。”

“想不到你一到尼泊尔又干起走私文物的勾当。”我遗憾地说，“字如其人，你的书法一直无法突破最高境界就是因为你心中的贪念未了。”

“干，你这王八蛋就不能给我闭嘴吗。”我显然是说中了常洛阳的痛处，他爱好书法，但一直无法彻底做到心如止水，所以无法成为书法大家。

常洛阳歇斯底里地喊：“我只要能找回我的笔，我就能写出天下最好的字！”

“可是那支笔不在你手里。”我抓住了他的心理，“也永远不会回到你手上。”

“我知道在哪里，我知道在哪里。”常洛阳神经质地喊，“那个画画的小女孩，我一定会找到她的。”

“可是她会失踪的，就像孙悟空一样，‘嗖’的一声白光一闪，就出现在十万八千里之外了。”

“你怎么知道是白光！”常洛阳听到我所说的陡然露出讶异的神色，显然他早已忘记自己在监狱里被小妹催眠时曾经吐露出真相。

“若要人不知，除非己莫为。”我模棱两可地说。

“哼。”常洛阳半信半疑地看着我，“就算你知道一星半点，你不可能知道得比我多。”

“但那个女孩知道的一定比你多。”我针锋相对。

“但我一定会把那个女孩抓回来的。”常洛阳也不甘示弱，而且他似乎自信满满。

“不，你做不到！”我冷笑道，“我可是很有兴趣再看一次越狱秀。”

“不，我做得到！那支笔是有弱点的！”常洛阳在我的诱导下开始一步步走近圈套。

“什么弱点？”我的焦急出卖了我的自信。

“哈哈。”常洛阳狂笑，“露出马脚了吧，我说过我才是最了解那支笔的人，我才是神笔真正的主人。”

接下来，我又千方百计地想套常洛阳的话。但他却一言不发地蜷缩在角落里，只回以我白眼。

“你这样和我耗着，我们都得死在金右臂的手里，大家都是中国人，为何不一起逃出去？”我建议。

“哼，我和你怎么会一样，我和你们这些普通的人类都不一样，我是天神的使者，大审判的执笔吏。”

“你说你是大审判的判官吗？”我毫无保留地嘲笑他，我知道只有激怒他才更有可能得到我想要的信息，“你脑袋是不是进水了。”

“你这个无可救药的庸人。”常洛阳破口大骂道，“我一定会让你知道神笔的厉害。”

常洛阳闷哼一声，不再理我。

“你不觉得在死前不留下点遗言是件很遗憾的事吗？”我一刻都不想让常洛阳消停。

“少和我开玩笑。”常洛阳冷冷地说，“你会死，但我不会。”

“为什么？难道你是不死之身？”我轻松地笑着。

“我有秘密，可以和金右臂谈判的大秘密。”

“你想告诉我金右臂的身体里藏着一颗核弹头吗？”

“你，你……”常洛阳实在争论不过我，“你知道那该死的家伙的右手是怎么断的吗？当年他挖开孔雀王朝的陵墓，左手抓着无数珠宝，右手却被机关压断，为了逃出鬼门关他面不改色地一刀用廓尔喀亲自砍断的！”

“没有兴趣。”我假装不在意，心里却暗暗感叹金右臂果然是个狠角色，难怪那小头目让我们不要惹他，“我感兴趣的只是怀素的书法为什么会出现在监狱，吴道子的壁画为什么会出现在尼泊尔……”

“够了，我不会告诉你的。”常洛阳冷冷地打断我，“再过一会，他们就会把你装进箱子里沉到河里去喂鱼，到时你们兄妹就能在阴曹地府团聚了。”

“小妹。”提到我宠爱的妹妹，我心中顿时方寸大乱，刚才她从那么高的铁丝网上摔入水中，虽然她的水性很好，但是万一河底有暗流之类的，我不敢再想下去。

“人都是有弱点的。”常洛阳得意地对我刚才的挑衅进行报复，“不是吗？”

“是的。”我灰心道，“我认输。”

“放心，我会让金右臂把你关在一个小一点的箱子里。”常洛阳得意地说，一副小人得志的嘴脸。

“你什么意思？”我大怒。

“别生气，别生气……”常洛阳轻蔑地大笑道，“那样空气会很快耗尽，你就会被活活憋死，这样总比在水里被淹死的要好！”

“你这个杀千刀的盗墓贼！”我眯起眼睛，牙齿咬得咯咯直响，恨不得将他碎尸万段。

“叫你们老板来，就说我有大秘密要和他交换。”常洛阳胸有成竹地对瘦猴道。

“如果你的秘密不值钱，看一会我怎么阉了你！”瘦猴威胁道。

“如果你再敢嘴硬一下，看看一会是谁阉了谁。”常洛阳的确是见过场面的老江湖。

瘦猴嗫嚅着想说什么，但到底还是被常洛阳的气势吓倒了，悻悻地打报告去了。

到底是什么秘密能换回常洛阳的狗命？我的脑海中不停地思索着这个问题。

过了一会，瘦猴就把常洛阳带了出去，神色中还带着些许畏惧。

常洛阳很快就一身轻松地回来，他狠狠地踹了我几脚：“我说过我有可以保命的秘密，你就等着喂鱼吧！”他小人得志地大笑着离开了。

“喂，喂，回来，告诉我神笔的事。”这时候我才真正意识到我的生命危在旦夕，而且身在异乡，小妹又下落不明，就算死了恐怕都没人给我收尸。我这才发现自己身上已是汗水涔涔，恐惧让我全身筛糠似的发抖。

“你也知道怕了？”瘦猴对我的举动表现出早该如此的轻蔑。

“我也有一个秘密要和金右臂交换。”我深吸一口气，十分严肃地说。

“什么秘密？”瘦猴瞬间态度就变了，他可不想我也像常洛阳一样。

“你没资格知道。”我懒得理这个小喽啰，“叫你们老大过来！”

不一会，金右臂真的赶到了牢房。

“喂，你到底有什么秘密？”

“我认识一个很优秀的医生，可以为你免费移植一条手臂！”

“真的？”

“是的，但必须从蜈蚣或者章鱼身上移植。”我谈笑自如。

“你，你……”金右臂恼羞成怒的模样真是让我笑翻了天，“马上！带他去喂鱼！”

我被一群杀人不偿命的亡命之徒锁在一个铁箱子里，在快艇的轰鸣声中，我等待着被丢到水里喂鱼。

很快快艇停止了前进，紧接着我感到自己连人带箱子被一脚踹进了河里。

伴随着坠入河中的水声，我深吸最后一口气，密封的铁箱开始“咕咚咕咚”地有水涌进来，形势十分危急。

当我被关进铁箱时我发现他们大意地依然只用绳子绑住我而不是改用铁链，我知道自己还有逃脱的希望。我的食指上戴着一枚银质的戒指，当食指弯曲到90°时就会有锋利的铁刺伸出来，可以用来割断束缚我的绳子。

我屏住呼吸，弯起食指露出铁刺拼命地切割手腕上的绳子，终于绳子断了。但水已经灌满了整个箱子，我不但无法呼吸，铁箱的重量使得我还在不断地下沉。

还好从八岁起，我练过一种神秘的内家气功，可以让我在水下坚持很长的时间。我知道自己还能支撑一会，但多年的世俗生活早已使我的身体大不如前，我别扭地从腰间特制的皮带里抽出一根应急的铁丝，竭尽全力地撬动起箱子上的铁锁。

在我猛灌了几大口冰凉到底的河水后，锁终于被我打开了。

因为在水中压力非常大，我用了巧劲才推开了箱盖，周围的浪潮“嘭”地掀起一个小漩涡，我不停地呼气，吐出无数泡泡以保持肺压的平衡，气泡在水中如一朵朵莲花缓缓升起。

我又活过来了！

就在我要浮出水面的一刹那，忽然一个离奇的东西诡异地抓向我。

我慌忙出拳，对方却轻巧地避开，利用我在水中收拳慢的弱点，反而轻易地抓住了我的肩膀。

透过水中模糊的光线，我看到一大块光溜溜的肉状物。到底是什么怪兽？我吓了一大跳。

八
遇见自己

“哗……”河中飞溅起一串水花。

我和那怪兽刚一交上了手，就明显感觉对方实力远胜于我。我不敢大意，连忙蹬腿弹开那怪物，想先浮出水面再从长计议。那水中怪物也不来捉我，似乎消失在水中

过了漫长的几秒，我终于浮出了水面，贪婪地呼吸着新鲜的空气，抬头仰望满天星辰，有种劫后余生的感慨。

“哗啦！”就在这时，一个光溜溜的肉色球体也浮出水面。

是方才水下的怪物！我不敢大意，一个鱼跃，出拳就打！

“慢，慢——”对方猛然跳出水面，往后浮跃了几步，水面上只留下几乎看不见的涟漪，身法敏捷犹如在平地上一般。

“是普智大师！”我惊喜地喊，原来刚才那光溜溜的怪物是大师的光头。

岸上传来小妹焦急的呼喊：“哥，你在哪里？”

听到小妹的声音，我心底的大石总算是落了地，我和大师很快上了岸，在回神笔寺的路上，我将被金右臂抓走后发生的惊险故事告诉了他们。

回到了寺院里，我洗了个热水澡，换了身干净的衣服，倒头就睡了过去，这两天发生的事可把我累坏了。

从睡梦中醒来已经是第二天的下午了，午后火辣辣的阳光照进来，我意识到自己还好好地活着，不由感到一种简单而伟大的幸福！

“一定是金右臂的人偷走了壁画！”小妹在大堂里和普智大师谈话，原来昨夜她掉入河中后，连忙赶回寺院向普智大师求援。

“您不是在闭关吗？”我问大师，“难道是刚好出关？”

“说来实在是奇怪，就和上次小筝在山顶遇险时一样，我的脑中突然浮现出一条奇怪的信息，告诉我你陷入巨大的危险。”普智大师道。

“难道是传说中的‘心灵感应’？”

“我不太确定。”大师看来也对这件事感到很困惑，“但是我仿佛看见一幅清晰的画，画中的你被困在箱子里沉入河里。”

“这不是只有神笔才能做到的吗？”我猜测。

“对！一定是那支笔！”小妹坚信。

“这么说，是冷梅在暗中帮我们？”

话音刚落，我的手机就响了起来。接下来的几个小时里，我失魂落魄地在寺院的大堂里走来走去。

太不可思议了！太不可思议了！

刚才的电话是冷无愁打来的，而他在电话里所叙述的是我有史以来听过的最荒唐的故事！要不是我知道他个沉着稳重的商人，我绝对不会理睬那些胡言乱语！

天色渐黑，我的脑中也是一片混沌。

“他到底说了些什么！”小妹早就不耐烦地不停追问我关于电话里的事。

我看了看殿中那炷一人多高的檀香，从上午开始已经烧到了尽头。冷无愁的叙述因为慌张和激动而显得紊乱无序，但我会用尽量简洁的语言来还原这个真实而荒诞的怪异事件。

当冷氏夫妇乘坐的航班抵达机场，一出机场大门，就有各自的司机前来迎接，转眼间两人又再次分道扬镳。

两人上车前都依依不舍地看了对方一眼，十几年前结婚的时候就说好要去尼泊尔度蜜月，但一直因为公务缠身而无法成行，谁能料到这一次阴差阳错地去了尼泊尔，居然是为了失踪的宝贝女儿。

虽然心中不舍，但冷无愁还是挥了挥手示意司机快点离开，他不想让她看出自己眼中流露出的犹豫和忧愁。

坐在车上冷先生感到有点异样。

司机无意中问了一句：“冷先生，你不是刚从尼泊尔回来吗，怎么又去了一趟？”

“我最近一直呆在尼泊尔啊。”冷先生对司机的问题感到很奇怪。

司机露出困惑的表情，但想到可能涉及商业机密，所以老板不得不隐藏自己的行踪，他也就不再多问。

车停在冷家的豪华别墅门口，冷无愁下车朝大门走去。一个邻居过来热情地打招呼：“冷先生，今天下班挺早呀。”

这个邻居和冷先生在半年前因为琐碎的小事而有过争执，彼此约定“老死不相往来”已经好几个月了，现在怎么又无事献殷勤？

“哦。”冷先生愣了一下，但还是大度地露出一个勉强的笑容，“你也早。”

“你太太昨天送我们的汤圆真好吃，自己家做的就是比商店的要好。”邻居笑着说，“听说你的公司前天已经和美国默默公司达成战略伙伴关系，还签订了一系列大订单，真了不起！恭喜恭喜！”

“啊！”冷无愁心中大惊，自己的公司虽说运营得不错，但是做生意总会有留下许多难以解决的问题，而其中最大的就是和美国默默公司的谈判，虽然彼此间交流了半年有余但还是没有半点进展，但邻居怎么说前天已经成功了呢。难道他是在故意讽刺自己吗？

“哪里有这回事？你到底是什么意思？”冷无愁的语气冷冰冰的。

“怎么没有这回事？”邻居指着手中刚取的今天的报纸：“你看，都已经上报纸了。我只是好意想恭喜你……”

此话一出冷无愁变得越来越茫然了，听邻居的口气似乎不像是在挖苦和讽刺他。

邻居看出一丝不太对劲：“冷先生你似乎有点不舒服，要不要让我的私人医生帮你看下？”

“没事，谢谢你……”冷无愁从报箱里拽出今天的报纸，匆匆地与邻居告别，打开门径直走了进去。他慌乱地打开手中的报纸，报纸上的头版头条，没有错！的确是自己！千真万确！他在和美国默默公司的董事长签订协议后露出了心满意足的笑容。

这报纸到底是怎么回事？报纸上的人不可能是他本人，但是……

冷无愁刚穿过院子，就看到正在浇花的管家老丰，老丰用老花眼眯缝着看冷先生：“我说阿冷啊，你刚才不是开车送小梅去迪斯尼乐园玩了吗？怎么那么快就回来了？”

冷无愁已经觉得自己快要疯了，从下飞机到现在，自己身边的一切究竟是出了什么状况。要知道，他常年忙于事业，从来不会带女儿去游乐场的。

如果说邻居因为记仇在嘲弄他，恶搞他，他还能相信，但老丰是自己的远房世叔，是看着他长大，看着他起家的族老，所以直接叫他“阿冷”而不是“冷先生”、“冷老板”、“冷总”之类的。

老丰的最大特点就是忠心，可以说如果有谁要是想擅自闯入家里的话，老丰宁可牺牲自己的生命也不会让外人随意进入。

还有小梅？她现在不是应该还留在尼泊尔避世吗？怎么突然回来了？

见鬼了？冷先生看着报纸上自己的笑容，心里产生一种前所未有的恐惧感，那是源自对未知的强烈恐惧。

“阿冷，你没事吧，是不是忘记拿什么东西所以又跑回来了。”

“对对，我给小梅拿件衣服。”冷无愁支吾道，他决定先观察一阵再做决定。

“记得把人参汤喝了，昨天太太熬了一个晚上的。”

一次个一次的意外让冷先生简直不敢相信自己的耳朵，因为他和妻子，也就是张凝香早已经分居两三年了，她有多久没回过这个家自己都记不清了，怎么老丰突然又提起她来？

离开家，冷无愁气势汹汹地到公司里查账，会计们都很惊讶："冷总，你今天不是带女儿去迪斯尼乐园玩吗？"

"呵呵，临时想起点东西，过来看看。"冷先生毕竟是见过大世面的人，面不改色地说道。

翻开账目，上面的数字再次挑战了冷先生想象力的底线，账目显示公司的资金不但没有被人变相掏空，反而显示公司运转良好，而且利润大为上扬。

这到底是谁搞的鬼？他的目的究竟是什么？

冷无愁已经彻底糊涂了，他需要一个解释来说明这不可思议的一切。

他迅速开车返回别墅。

刚回到二楼的书房，就听到楼下又响起汽车的喇叭声。

冷家有十几辆车，平常使用的也并不固定，但冷无愁分明听见楼下的老丰在嘀咕："阿冷啊，你今天怎么老是进进出出的？"

楼下突然传来一个声音礼貌道："丰叔您辛苦了，早点回去休息，修剪这种粗重的活就请工人来干吧。"

其实冷无愁平常是有点嫌老丰麻烦的，因为那个年代的人大都有辈分为大的心理，对任何事总喜欢有点看法。

但是刚才那个声音……他不敢想象这个声音的主人是谁，慌忙将窗帘拉开一条缝，冷无愁从窗户向下看了一眼，这一瞥印证了他之前所做的恐怖猜测！

他看到一个和自己长得一模一样的人正扶着老丰穿过花园朝后院的管家卧室走去。

怎么会出现另一个自己！一切不可思议的真相的尽头竟然是有另一个自己！

冷无愁穷极了一切符合常理的可能性，最终得出一个相对合理的推测——有人故意冒充自己！

这个人必定通过高科技的整容手术变成和自己相同的外貌，然后趁夫妻俩去尼泊尔找女儿的机会，协同另两个整容成自己妻子和女儿的人，霸占整个冷氏企业，蓄意独吞冷氏的财产！

如果一切真的如自己所想的，这个阴谋实在是可怕却又无懈可击。

就在这时，楼梯上传来一阵熟悉的脚步声。

冷无愁小时候得过小儿麻痹症，所以他的脚步声尤为特别，特别是在上楼的时候，由于右脚会比左脚吃力，所以上楼的节奏也与常人不同。

但是此时此刻楼梯上传来的脚步声居然和自己一模一样！

这个歹徒对于冷无愁的模仿已经到了极致，连如此细小的地方都被注意到而且做得如此完善！

他来了！他来了！

冷无愁吓得大气都不敢出一下，他伸进裤兜里摸了摸自己的那把手枪，这是自己当初为了以防万一而买的。如果此时两人相见，冷先生不敢保证自己能否压抑得住自己杀掉这个歹徒的冲动。但是他其实更想弄清楚事实的真相，毕竟之前所有的一切仅仅是自己的揣测。

冷无愁将手枪握在手里，躲到一大排书架后，摆满整个书架的书籍成为最好的隐蔽所。

冒牌货走进书房，在书架旁的书桌前坐下，似乎开始研究一些工作文件。

书架后的冷无愁浑身已被汗水浸透了，他屏住呼吸贴在墙角一动不动。如果这个冒牌货确实是以霸占财产为目的，那他一定是属于一个犯罪组织，只要他打电话联络其他人就能证明自己的猜测没有错。

十分钟过去了。

半小时过去了。

一小时过去了。

房间里的依然静得只有翻阅文件时发出的窸窸窣窣的声音。

终于，冒牌货站起身走到书架旁。冷无愁的神经随着紧绷起来，他将食指放在扳机的位置，决心要是被发现了，就先下手为强。

偏偏在这关键时刻，家里的宠物波斯猫蹿进书房，它先看到走向书架的冒牌货，然后跳到书架后面，又看到躲在那的冷无愁。

“喵呜……”看到两个主人的波斯猫兴奋得大叫。

冒牌货心生疑窦，朝书架后走了过来：“萨达姆，今天怎么一直叫，是不是没吃饱？”

猫叫得更大声了，似乎故意要让两个主人相见。

脚步声越来越近，一步，一步，一步地朝冷无愁走了过来……

危机一触即发。

真假两个冷无愁即将直面对峙！

黑洞洞的枪口瞄准了那个位置！

就在这生死关键的瞬间，“叮”，书桌上的电话惊心动魄地响了起来。

冒牌货迟疑了一下，还是回到书桌前拿起了电话。

“亲爱的小香香……好好，早点回来吃饭哦。”冒充者顿了一下，“呵呵，小香香，你晚上还要给我一个惊喜啊！好好，等着你回来，亲亲。”他在电话里肉麻而响亮地亲吻了一下。

天！冷无愁紧闭双眼，一阵咬牙切齿，小香香是他对以前的爱妻的昵称，这该死的歹徒怎么连这亲密的词语都知道？但他口中的小香香到底是和自己一起去过尼泊尔的妻子，还是另一个冒牌货呢？

就在他思考的同时冒牌货已经挂断了电话，又一次朝书架后走了过来。

就在他要拐过书架的时候，门口响起一阵急促的敲门声：“爸爸，爸爸，我给你看我刚画的画。”

“梅儿，进来吧！”冒充者温和地说。

而后是一个女孩子轻盈的脚步声：“爸爸，你站在书架那里干吗？有看见萨达姆吗？”

冒充者道：“奇怪，萨达姆今天一直叫个不停，书架后面似乎有什么？”

“书架后面有什么呀？”于是两人一起走到了书架后面。

但眼前空无一物……

波斯猫跳到窗台上，朝着窗外漆黑的天空继续叫个不停。

“开饭了——”楼下的女佣用京剧般的腔调喊。

“爸爸，妈妈回来了！”冷梅高兴地说。

父女俩温馨地手拉着手下楼去了。

像蝙蝠一样倒挂在窗户外檐的冷无愁这才长长地松了一口气。

“不可能的！不可能的！”冷无愁连夜驱车前往张凝香的住所，将这荒诞怪异的事情告诉了妻子，“怎么我们才出门了一趟，世界就天翻地覆了！”

“我一回来就大睡一场，不知道外面发生了什么。”张凝香睡眼惺忪地道，“但我觉得你的叙述很适合在我们报刊做科幻连载。”

“你怎么也不相信我？”冷先生抓住妻子的手，激动地大叫，“我用我所有的财产发誓，我刚才说的都是真话！”

“你先冷静下来好吗？”张凝香摇了摇头耐心地说，“真假美猴王的故事只会在小说里出现。除了是你的幻觉，我想不出其他更好的理由。”

就在这时，张凝香的手机突然响了。

“你等我下。”张女士接起电话，过了一会儿她对着电话骇然叫道，“不，不可能的！怎么会这样？社长，我没有……你们一定是搞错了……喂喂！……”

“怎么回事？”冷无愁疑惑地问。

“我，我……”张凝香难以置信地说，“报社的社长打电话问我为什么要主动请辞？”

“你会辞职？”冷无愁对妻子愿意将自己的一生奉献给新闻工作绝不心存怀疑，她可以在冷梅高烧三十九度时仍出去采访，而结婚纪念日和各种节日的约会被突发的采访计划打乱更是家常便饭。

“不，我怎么会辞职，那是我最喜欢的新闻工作！”张凝香勃然大怒地挥手道，“为了报道新闻，我甚至愿意放弃一切……”她刹那间醒悟到了什么。

“怎么了？”

“这事实在太蹊跷了，看来我不得不重新考虑你刚才说的故事……”

“你的意思是也有人冒充你，代你向报社提出辞职？”

“是的，这是唯一的解释。”

“但她能从中得到什么利益呢？破坏我们的幸福吗？”作为一个商人，冷无愁不认为冒牌货替张凝香辞职能得到什么。

“我们还有幸福吗？”张凝香白了他一眼反问。

现场的气氛一下子变得无比尴尬，一个曾经温馨和睦的家庭，现在却沦落到支离破碎的地步。夫妻俩彼此凝视许久，都想得到一个确切的答案，却只从对方的眼睛里看出对往昔的依恋与不舍。

这些年来，两人各自在工作上疲于奔命，常常好几周都碰不上一次面，当然也忽视了对女儿的关怀，终于冷漠的缝隙越来越大，最终导致家庭的崩溃。

他们到底是为了什么？

赚钱吗？赚大钱吗？那么赚钱，赚大钱又是为了什么？

结果还是为了幸福，但是他们追求的幸福却是以牺牲现有的幸福为代价。

“不行！我要去你家看看！”张凝香发挥出新闻工作者特有的勇于发掘真相的精神。

“我陪你去！”冷无愁知道逃避不是最终的方法，事实终将是要浮出水面的，他暗暗指了指藏在裤兜里的手枪，“你待会站在我后面。”

在回别墅的路上两人都沉默不语，谁都不知道接下来会发生什么，未知才是最让人感到恐惧的，但是为了自己也为了这个家，这一步无论如何都要踏出去。

车停在大门口，冷无愁开始拼命地按喇叭，喇叭声感染着他的怒气打破夜的寂静。

“你干吗？”张凝香问道，“想打草惊蛇？”

“和他拼了，这是我的家！”冷无愁的话语中透出一股杀气。

“我和你一起去！”张凝香不舍地拉住他的手。

“呵呵。”冷无愁抓着方向盘感慨道，“记得很久以前，有一次我和黑社会做古董生意，必须独自去码头交易，你怕我危险想阻止我，但我必须赚那笔钱为父亲治病，当时你也对我说过同样的话。”

“是啊，那已经是很久以前的事了。”回忆往事两人的心中涌起一阵异样的感动，那一次交易最后有惊无险，父亲的病也及时痊愈。两个人经历过许多风雨，在最艰苦的时候患难与共，最后终于渐渐走上正轨，但是现在的一切无疑是对两人极大的讽刺。

“谁啊谁啊！”老丰蹒跚地过来查看。

“丰叔！麻烦开下门！”冷无愁礼貌地说。

“阿冷，你什么时候又出门去了？刚才不是和太太、小姐在后花园开派对吗？”这时老丰又瞥见车里的张凝香，“咦，太太，你也出门去了啊！我真是老了，记性不好了……”

“我们到山下去买个礼物给小梅。”张凝香多年的采访生涯应变很快。

“你们最近怎么都神神秘秘的呀。”老丰嘀咕着开了门。

冷无愁下了车，狠狠地关上车门，手插进兜里，裤子上显现出手枪的轮廓。

“不，还是不要去了。”看着手枪，张凝香在关键时刻突然退缩了，“我们还是去找警察吧。”

“不，这是家事。这些胆大妄为的家伙，我直接毙了他们，然后告他们私闯民宅！”

“不，太危险了。”张凝香的眼里含着泪，“小梅已经走了，我不能再没有你了……”

“香儿……”冷无愁感动地说，“其实有句话，我一直想对你说……”

“你说……”张凝香已经泪流满面。

“这么多年来，辛苦你了……我一直不重视你的工作……对不起……”冷无愁强忍住男儿有泪不轻弹的尊严，“香香，我爱你！”

“无愁，我也爱你！”张凝香再也无法抑制自己的感情，拥抱住冷无愁，“都是我不好，都是我不好，我一直小心眼，我一直太在乎工作，我一直忽略了你的爱……”

“如果今天晚上我们可以平安地解决一切，我们就撤销离婚协议书，一起去尼泊尔把梅儿找回来。”冷无愁抱着怀中的妻子感慨道，“如果她不愿意，我们就在那里买栋房子，一起陪她住在那里。”

“好！好！好！”太多的坚持和不愿让步终于在这个危机关头，在一句简单的承诺下冰释前嫌。

一对生死与共的夫妻就这样缓缓却又坚定地走向危机四伏的后花园。

后花园里灯火通明，烧烤架上烤肉的香味让人垂涎欲滴，轻柔的音乐弥漫其间，花园中各种鲜花的芬芳更是让人陶醉。但最让人感到温馨的却是一家三口笑容满面，手拉着手，围在一起跳舞的动人场面。

“你他妈到底是谁！”冷无愁可没有心情欣赏这一切，他猛地冲上前去，一脚将正在燃烧的篝火踢飞出去，并且飞快地拔出枪对准那冒牌货的太阳穴。

“你私闯民宅！”冒牌货的手也不慢，看来他也已经察觉到事情不对劲而早有准备，一瞬间冷先生的太阳穴旁也多出一支手枪。

不但容貌相同，就连两人的手枪也是一模一样。

就像一个模子里刻出来的张凝香也同时惊得目瞪口呆。这两个男人简直就像是中间隔了一面镜子。一旁的冷梅也惊得捂住了自己的嘴。

“你到底是什么人，为什么整容成我的样子！”冒牌货的推测竟和冷无愁惊人的一致，“你们是不是要侵吞我的财产！”

“这句话该我问你才对！”冷无愁的手指搭在扳机上，恶狠狠地对准面前这个敌人的头。

形势万分紧急，一触即发。

“不，不！”冒牌的张凝香向冷无愁求情，“请你不要开枪，我今天才辞职，我只想和我丈夫过平静安定的生活，求求你们，不要乱来……”

“原来我的辞职是你搞的鬼！”张凝香对自己工作的重视甚至超

越自己的生命，她上前一步，想要揪住辞掉她工作的罪魁祸首问个清楚。

“退后！退后！”冒牌货见状，手中的枪立刻掉头转向了张凝香。

而冷无愁的枪也指向了另一个冒牌货。

“你们给我滚出去，这是我的家！”冷无愁高声喊，“立刻给我滚，我就放你们一马，当一切都没有发生！”

“笑话。”冒牌货对冷无愁的话嗤之以鼻道，“我才是这个家的主人，你们是冒牌的！”

“你们才是！”冷无愁也不松口。

“不，不，爸爸，妈妈，别吵了……”冷梅为难地站在两对夫妇中间，“大家就不能心平气和地坐下来谈谈吗？一定是一场误会！”

“误会？有什么好误会的！”冷无愁的忍耐已经接近底限，“梅儿，过来，我才是你的亲生父母！”

“梅儿，过来，不要相信这两个歹徒！”冒牌货握着枪的手在颤抖，“不要逼我！”

“不要逼我！”冷无愁的情绪已经亢奋到几近失控了，“我数三声，你们再不从这里滚蛋的话，你们就死定了！”

“你也一样。”冒牌货坚定地向前一步，“这是我给你们的最后机会！”

豪华别墅里被大声吵闹惊动而来的佣人们和老丰此时都赶到了后花园，大家左顾右盼，都不敢相信自己的眼睛，两对一模一样的冷氏夫妇剑拔弩张地对峙着，左右为难的冷梅困在中间束手无策。

“一。”冷无愁从牙缝里挤出了冰冷的一个数字。

“不！不要！”佣人们开始求情，“冷先生最近对我们十分好，小姐也回家了，太太也辞职了，大家过得开开心心的，请你们不要破坏这美满的生活！”

“这个美满的生活是我的！”张凝香坚定地说，“正义一定会站在我们这边的！”

“二！”冒牌货毫不示弱地喊。

“不要啊，阿冷！”老丰颤巍巍地走上前去劝阻双方。

“丰叔让开！”两个张凝香异口同声地说，“老人家不要插手，小心身体！”

“我这把老骨头还有什么需要小心的？”老丰老泪纵横，“半只脚进棺材的人了，阿冷和太太要离婚是我最不想看到的事情，现在好不容易事情有了转机，小姐也平安回来了，这天伦之乐多幸福，为什么又莫名其妙地多出两个一模一样的人？”

老丰简直不敢相信自己的眼睛，他眯起眼睛仔细打量真假两个冷先生：“怎么可能，连耳后的痣都一模一样！”

“丰爷爷让开！”冷梅把老丰拉出战场。

他们不约而同地开枪了！

“三！”两人不约而同地喊出那个攸关生死的数字。

两颗无情地子弹同时呼啸着飞了出去。

“不！”冷梅尖叫着奋不顾身地扑了上去，想替那个冒牌货挡下那颗罪恶的子弹。

冒牌货护女心切，一把抱住女儿，反而用自己的身体掩护住她，自己的手因为动作变形而导致子弹的目标发生了偏差。

弹头落在草地上，一切都在枪声响起的一瞬间分出了胜负。

冒牌货的子弹擦着冷先生的头顶飞了出去，而他自己却背部中弹，趴倒在触目惊心的血泊之中。

“我……”冷无愁在这场男人的生死对决中获得了最终的胜利，却当一切归于平静他却没有半点胜利的喜悦。

张凝香跑过来紧紧地抱住冷无愁：“天啊！怎么会这样？”

“求求你，我什么都可以给你，但请不要伤害我的家人。”血泊中的冒牌货挣扎着向冷无愁求情。

“不，亲爱的，你不会死……”冒牌的张凝香跪在地上，抱着心爱的人伤心地大喊，“老丰！快叫救护车！老丰！……”

老丰和佣人们这才木然清醒过来，慌忙地去报警。

冷无愁走到冒牌货身旁，从高处俯视着败者的样子，他突然感觉躺在血泊中的正是自己。

他没有战胜任何人，无论是生是死，他都是一个注定的失败者！

但冷先生不明白，为什么冒牌货自始至终都咬定他才是真正的主人。

“对不起，或许我们本来……”冷无愁不知道说什么好。

“香香……梅儿……我爱你们……永远……”留下最后的遗言，一切都结束了。

“爸！”冷梅回过头，用愤怒的眼神盯着冷无愁和张凝香，“是你们！是你们破坏了我幸福的家庭！”

“梅儿！不，我们才是你真正的父母！”冷无愁张开双手，想以胜利者的姿态拥抱女儿。

“不，你们是假的！你们不是我的父母！”冷梅畏惧地一步步退后。

冷无愁无法克制地追了上去，想要一把拽住冷梅。冷梅惊恐万分，像一只受惊的小鹿：“不，不要！我不要你们！”

张凝香的神经已经濒临崩溃，她凄凉地呐喊：“天啊，让这场噩梦快点醒来吧！”

“我才是你爸爸！”冷无愁歇斯底里地大吼一声，拼命地拽住冷梅的手，冷梅用尽全身的力气挣扎着。

地上被溢出的鲜血沾染，显得分外凄凉，报警回来的老丰呜咽着抱着死去的主人哭泣。

一时间，整个后花园陷入极度混乱之中，所有人都像身处一个无尽的噩梦。

无比漫长的十几分钟过后，警车声终于呼啸而来。

但是，天底下最怪异的事情就在那一刻发生了！

“我知道发生什么了。”小妹打断了我关于冷无愁的惊悚转述。

“愿闻其详。”普智大师问。

“不见了！”我和小妹心有灵犀地同时说。

“什么不见了？”普智大师问。

“两个冷无愁所认为的冒牌货，包括冷梅，那莫名其妙多出来的三个人全都失踪了。”我转述冷先生不堪回首的记忆，“一切都消失了，血迹、尸体、悲痛欲绝的母女俩，像融化蒸发的水汽般消失得无影无踪，更像一场荒唐的梦，但在场的十几个个佣人全到亲眼目睹冷无愁杀人的一幕！”

“警方怎么说？”小妹问。

“警方认为是集体幻觉，或者说是有钱人捉弄警方的游戏，在现场找不到任何血迹，没有枪战的痕迹，也没有任何一对相同的人。”我叹息说，“警方根本不给此事立案，后来别墅里的所有人都去做了测谎实验，但证明他们所说的全部是真话，再后来，他们就只能每周去心理医生那里治疗……”

“我知道为什么那些东西会消失。”小妹推测道。

“你居然知道为什么？”我对这件不可思议的怪事没有丝毫理解的可能，听到小妹居然知道为什么，不免有些讶异。

“听说过平行宇宙的理论吗？”小妹确实是聪明盖世，“我以前在书上看到过，这个理论表明宇宙是平行的，所以每个人在平行宇宙里都有无数个自我，如果平行宇宙发生重叠，使两个一样的人在一起相逢，那么很可能会造成另一个人的能量全部消失，而导致突然消亡。”小妹的推测很虚幻。

“有点像李连杰《救世主》的味道！”我不置可否地摇了摇头，“一个世界已经够乱了，那么多世界，该怎么办才好？”

“如果真有平行宇宙，那又是什么力量使两个宇宙重叠，使两个一样的人重逢呢？”普智大师念了句佛偈，“若见诸相非相，即见如来。”

就在我们争论不休的时候，圆通忽然慌张地在门口求见。

普智大师回头问：“有何要事？”

“有人送来一封信，说要立即交给你。”

普智大师顿时有不祥的预感，他慌忙接过信封拆开，但是信封里没有信纸只有一块沾有血迹的红布。

“是冷梅的风衣！”小妹尖叫，“发生什么事情了。”

“冷梅到底是在尼泊尔还是回国了？”被刚才这么一弄我不免有些晕头转向。

“她被金右臂绑架了。”普智大师说出一个最糟的可能。

“金右臂，金右臂……”我联想起最近发生的事情，尤其是常洛阳说可以和金右臂交易生命的大秘密。

“我知道了。”我综合分析道，“常洛阳用来和金右臂交易的大秘密就是关于神笔的，而神笔现在应该在冷梅身上，所以金右臂抓走了冷梅！”

“这是金右臂强迫冷梅写的求救信。”普智大师叹了口气，“冷梅被绑架了，我们得去救她！”

“不可能的！她不是随时都可以消失的吗？”我想到常洛阳曾说过神笔是有弱点的。

“是啊。”小妹抬头望着西边的夕阳，“笔仙、越狱、失踪、跨越空间……我想到了，时间，是时间！”

“什么时间？”

“你想过没有？每次消失的人都是在夜晚进行的，冷梅是，常洛阳的两次也是，而常洛阳被捕那次却是在白天。”

“这又说明了什么，有昼就有夜，有生就有死。”普智大师充满禅机地说。

“昼夜更替，有无相生。很可能神笔只能在晚上才能发挥瞬移的作用！”我兴奋地说，“传说中那些大诗人、大作家得到神笔也都是在晚上做梦的时候。尤其是在子时，昼夜交替，阴阳互换，是最神秘的时刻。许多气功师也都喜欢在晚上修炼，人在那个时刻全身各个功能最为敏感，容易捕捉到外界的神秘信息。”

“难道像吸收日月精华一样吗？”小妹问。

“先暂时别考虑神笔的事了！”我斩钉截铁道，“冷梅还在金右臂那里，我们必须先去救他！”

“金右臂在信中叫我带着神笔于今天晚上到黑瞎子森林。”普智大师疑惑道，“但是我并不知道她的笔在哪里。”

“我知道了！”我突然想明白了一些事情。

“你知道笔在哪里了？”小妹问。

“不，我是知道为什么警方能抓住常洛阳了！因为那天抓住常洛阳的时候是正午，所以神笔不能发挥神效，常洛阳在抗捕时又不慎将笔弄丢了，而神笔无意中被当时去旅游的冷梅拣到，所以后来常洛阳千方百计地想把笔抢回来！”

“合情合理。”小妹看着冷梅的求救信说，“冷梅会不会也是在白天被金右臂抓个正着，然后在慌乱中把笔藏在哪里，从而避免神笔落入歹人之手？”

“应该是这样。”我把求救信拿过来反复看了几遍，“这封信虽然是用汉语写的，但我却总觉得有些地方不太对劲。”

“听过丹·布朗抄袭案吗？”小妹问道。

“《达·芬奇密码》！”我叫道。

“嗯，法官在审判的时候，故意利用斜体字把自己真正的判决编成密码写在审判书里。”

“我也发现了。”在小妹的提醒下，我终于看懂了求救信里的玄机，“中国的书法字体有篆书、隶书、行书、楷书等等，但在易经算命中有一种书法叫做‘梅花体’。”

小妹指着信中隐藏着中的梅花体道：“我的‘笔’、我很‘在’乎大家，我相信我的‘判’断，不要告诉‘官’府，否则他们不会罢‘手’，大家都是‘中’国人，救救我……”

“我初看时那种奇怪的感觉应该是由于冷梅把‘政府’写成‘官府’，原来她并不是写错了，而是为了隐藏真正的内容！”我把梅花体的字用红笔串起来。

“可是我们寺院里并没有判官像，如果说笔在什么佛像手中，我还能去找找。”普智大师无奈道。

“判官往往是死神的代名词。”我琢磨道，“我似乎在电视上见过尼泊尔的哪里有座判官的神像。”

“说判官我不清楚！说到死神我倒知道有一个地方！”普智大师费劲地想了一下，“帕坦黄金寺庙。”

“帕坦古都？”我的脑海中浮现出一个熟悉的名字。

“对！黄金寺庙作为印度教的寺庙，中庭、屋檐、栋梁等都是精美的黄金雕饰。离加德满都大约八公里，金色希迪那辛国王雕像也在那里。”大师介绍说。

“为什么是印度教而不是佛教？”

“在尼泊尔绝大多数人都是既信奉印度教又信奉佛教，因为他们认为佛也是印度教大神毗湿奴的化身之一。”普智大师道，“在尼泊尔，狗被认为是死神玛雅的看门者，可以守护人的灵魂到达天堂。所以尼泊尔的狗很多，在传统的灯节里，还要给狗戴上花环，点上朱砂。”

“我记得了！是有一尊狗头人身的塑像在黄金寺庙里！”小妹激动道，“他的手里拿着一支笔！”

事不宜迟，我们三人马上下山，连夜朝黄金寺庙出发。

“在中国的传说里，判官执笔主宰人的生死，鬼怪也都畏惧朱砂笔，这更说明了笔的神奇之处。”我道。

“很有道理。这里是狗头人身，埃及有狮身人面，中国的地狱也有牛头马面。而在《聊斋》里有一个陆判官帮朋友换头的故事，这样看来，笔真是具有非同凡响的能力！”

说话间，我们开车到了帕坦。帕坦以前是独立的尼瓦王国，统一后成为加都谷地的佛教和艺术圣地。在帕坦的杜拜广场我们看到林立的五十座以上的寺廊和宫殿，装饰在木斜柱上的雕刻也十分精美，维持了中古世纪以来的建筑形式与风采。

我们停好车，向寺院走去。路上的一些商贩向我们兜售尼泊尔食品momo，这种加了咖喱汁的小包子味道的确不错。在买momo的时候，我藉着手中的墨镜的反射，突然看见身后有人影一闪而过——难道我们被人跟踪了？

“别疑神疑鬼的了，时间紧迫。”小妹催促道。

我们从广场附近的小路走到黄金寺院。白天进入这里需要200卢比的门票，我们叫醒门卫，表示我们是远道而来的中国游客，因为要赶飞机希望能破例进去参观一下。

尼泊尔时有内战发生，游击队把毛泽东的军事思想奉为圣经，在这里无论哪个派别的士兵和人民都对中国人十分友善。再加上普智大师和印度教的一些僧侣也有很好的关系，守门人就为我们破例开放了寺庙。

我们脱了鞋走进寺庙里，庙中到处都是森严的塑像，殿内灯光昏暗，气氛诡异，我们仿佛置身一个奢侈的死亡世界。

为金子而放弃生命选择死亡，这是人生最愚蠢的不平等交换，但无时无刻不在这个世界上进行。

“有东西在那里……”小妹颤抖着声音说。

我以随时可以防守反击的姿势慢慢走向小妹所指的那个黑暗角落，在如此阴森诡异的寺庙里，什么怪事都有可能发生，隐隐中我可以听见沉重的呼吸声。

“是谁！”我迅速地转过身。

九 决战雪山之巅

黑暗的角落里趴着一只眼神忧伤的黑狗，它默默地凝视着我。

“嘿，伙计，下次不要在寺庙里睡觉，会着凉的。”我放下疑心，轻轻地抚摸了一下它的头。

那只黑狗心事重重地踱着步子离开了。

“哈哈，真是庸人自扰！不过是条狗。”小妹轻松道。

我的心里却沉重起来，狗是死神的看门者，冷梅还在金右臂的手上，生死未卜，那支笔到底在哪里？

“还是找不到。”过了一会，小妹搜遍整座黄金寺庙，却仍然没有发现死神的雕像，“大哥，你在想什么？”

“难道是记错地方了？”普智大师怀疑道。

我突然想起了什么，又回到刚才发现那条黑狗的角落，目光向上移，我居然看到一座狗头人身的雕像！只是因为在暗处，而且大家的注意力又被黑狗所吸引而没有注意到。

那狗神正一手执笔，一手执书，似乎在宣判人类的死亡，这不俨然就是判官的姿态吗？

“他手中的笔！”小妹惊喜地叫，“那不是雕塑的笔吗？”

“以前是，但现在不是了！”我激动地从狗神判官的手中轻轻地拔下那支笔。

神笔！

这支一直只是在听说和猜测中出现的神笔如今真真切切的握在我的手中。

它有着锃亮光滑的笔身，丝丝分明的笔毫，笔身雕刻着一些奇怪的文字，当我握住它的时刻似乎感觉到全身上下充满了神奇的力量。

我感觉我可以用它写出流传百世的经典著作！

“我们又见面了。”身后突然传来一声冷冷的威胁，“把笔交出来。”

“谁？”我退后一步，下意识地把笔往怀中一揣。

“拿来。”神秘人从黑暗的角落中缓缓地走了出来。

我方才的警觉原来并没有错，的确有人一直在跟踪我们！

“怎么会是你！”我惊讶得下巴几乎要掉到地上。

是方法，刑侦大队长方法警官！但此刻他手里的枪却对准了我的头。

小妹对普智大师使了个眼色。

“别动！莫小姐！否则我不保证我的枪不会走火！”方法用枪指

着我的头威胁到，“乖乖地把笔交出来。”

我只好委屈地拾笔不昧，把它交给人面兽心的警察叔叔。

“你怎么会来这里？”我问，“你是中国警察，在境外是没有权力抓我们的。”

“抓住你们有什么用？发生了这么多古怪的事情，难道你以为我真的是笨蛋吗？”方法把笔握在手里奸笑道，“还有最近冷家那宗离奇的杀人案！这支笔实在太神奇了，它不仅能让人失踪，还能复制人，有了它我还当什么狗屁警察。”

“你只要找一个尼泊尔军人，就可以用笔复制出一支军队来，是不是？”小妹大胆地问，“你可以用笔产生的白光让忤逆你的人民离奇消失，完成你的帝王美梦！”

“你太聪明了，好了，时间不多了，后会有期。”方法一边用枪指着我们，一边警惕地后退。

就在他要跨出门口的一刹那，刚才的那只黑狗突然愤怒地朝方法扑了过去。

“砰！”枪声响起。

黑狗呻吟着倒在血泊中。

“不——”小妹难过地喊。

方法嚣张地吹着枪口的硝烟：“不要再自找麻烦了，否则我叔叔的游击队不会放过你的。”

“你叔叔是？”我问。

方法远远地喊出一个难听的名字，飞快地消失在黑暗的走廊尽头。

“那是尼泊尔最大的一个反政府武装组织的首领，他还有一个同胞胎兄弟，两人在尼泊尔被称为‘龙兄虎弟’，但在二十年前的一次政府大规模围剿后，龙兄离奇失踪，人们都认为他在剿匪行动中被击毙了，没想到他潜藏到中国，还生下了又一个恐怖的野心家。”普智大师合十道，“一支笔引起了一场腥风血雨，实乃人间的大不幸。”

“没想到方法还有这么神秘的身世。”我对二十年前的那场腥风血雨十分好奇。但直到后来才知道，龙兄的离开根本不是人们所想像的那样简单。

“可怜的狗！”小妹还抱着黑狗伤心道，“原来它不是在睡懒觉，他一直在守卫着神笔。”

“快走吧！”我催促小妹道，“快去救冷梅！我们的时间不多了。”

“可是笔被方法抢走了！”小妹焦急地说。

我神秘地笑了笑，指了指我的胸兜。

“莫施主，神笔怎么还在你身上？”普智大师疑惑地问。

“刚才我给他的那支是以前参加笔会时主办方送我的，据说是八大山人用过的毛笔，我用它练字所以一直随身带着。”我笑道，“在方法发现被骗之前，我们快点离开吧！”

我们钻进汽车，看了看时间，金右臂约定的时间马上就要到了。

我用几乎超越舒马赫的速度朝黑瞎子森林冲了过去，一路上普智大师与小妹研究着那支神笔，希望能找出那奇异力量的来源。

“既然是神笔，应该并非人间之物。”小妹道，“如此神奇的笔或许是一种超科技工具。”

“你的意思它来自外星？”我一边开车一边问。

“三千世界，无奇不有。”普智大师感叹道。

“是的，有个李姓学者就告诉我在史前壁画里出现过太空服。”我说，“下一个岔路口要往哪里走？”

“看看你的车载GPS。”小妹说。

我扫了一眼车上与电脑联网的卫星定位系统，立刻找到了方向，“现在电脑发达，文件都可以瞬间发送。我猜测神笔或许是未来电脑发展的产物，只是它传输的不再是文本文件……”

“而是人。”小妹叫道，“如果一个人瞬间转移到一个地方，那就像单向传输，而且对方地点接受后，出发地点会自动销毁原本，使人保持其唯一性；但如果复制后没有销毁原本，就会出现冷家发生的情况，有两个一模一样的人出现，而导致世界秩序的混乱！”

“太玄了。”我一下子无法接受如此高科技的东西，“你的意思是这支笔就是一台超宇宙距离传输器了！”

“那么画的问题又如何解释呢？”普智大师问。

“既然有无数个平行世界，就肯定有一个世界里是和平发展，近乎完美的，那些画都能安然无恙地保存下来，而那支笔具有超世界空间移动的本领，也就是说我们看到的不过是另一个和平世界里保存完好的壁画而已。而怀素的那幅书法就更简单了，只是本世界中的一种单向移动。”小妹的分析让人大开眼界。

“那又如何解释宿舍里的画里会有冷梅的红点出现呢？”

“那幅画其实不再是单纯的画的形式，而是另一种形态的显示屏，它可以显示某个特定的画面，并根据画面中出现的具体景物而发生变动，就像监视器一样。前面如果都理解了，这实在没有什么大不了。”

“那书法和画，还有多出来的假冷夫妇和假冷梅怎么又会无缘无故地消失了呢？”我问。

“这可能类似于电脑中密码保护的自我毁灭程序，若有其他人接触到复制文本，复制文本感觉到潜在威胁，就会自动销毁自己。当然，或者仅仅是因为我们接触到另一个世界的东西而产生了不协调的冲抵，这在宗教里有一个专有名词，叫作‘亵渎’。”

“亵渎？也就是说每个平行世界里都有自己的规则，当把两个世界并在一起，产生一些不该产生的碰撞时，其中的一方就会自动毁灭？”我问。

“是的，冷梅只怕已经毁灭了其中一个世界的规则。”

“你的意思是？”我害怕地问。

“在另一个世界里，恩爱幸福的冷家夫妇已经被一对酷似他们的神秘夫妇所杀，并引起社会的极大关注，被列为该世界的十大奇案之一。”小妹语不惊人死不休。

“很有可能……”我黯然低头。

就在这时，天空中一个黑点突然由远及近，渐渐俯冲下来。

“当心！”我喊。

那个黑点以雷霆之势俯冲下来，普智大师却把光溜溜的大头探出了窗外。

“大师注意！”我警告。

说话间那黑点已经近在咫尺，居然是一只翼长四五米，长相神武的灵鹫！我从后视镜看到它轻盈地停在车顶，朝普智大师友好地鸣叫着。

“别怕！”普智大师笑道，“这是我在雪山上救下的灵鹫，是我呼唤来的。如果晚上发生什么凶险，我们可以叫它帮忙传信求救！”

“太好了！我们又多了个帮手！”我高兴道，却很快又紧张起来，“我们已经进入黑瞎子森林了。”

看了看表，已经是晚上十点多，天色一片漆黑，冷风将森林中的树吹得左摇右摆，像摇曳的鬼影一般。

“怎么不见他们的踪影？”我问。

“也许有陷阱。”小妹感觉事情有点不对劲。

就在这时，我的手机突然响了起来，神经紧绷的我们吓了一大跳，看来金右臂一定是通过黑市的那家古董店找到我们的电话。

电话那头传来金右臂冷冰冰的声音：“中国佬，今天老子有事，明天中午十二点，老地方，不见不散！”

我还想问为什么，他们却直接挂断了电话。

“那我们先回去吧。”小妹分析道，“一定是常洛阳告诉金右臂神笔在晚上能发挥奇效，所以他们选择在白天与我们交易。”

“不用回去了，我们就在这扎营。”普智大师智慧道，“你们好好观察下附近的地形，明天赎人的时候不至于中了对方的招数。”

“我明白了，查看地形是军事作战里重要的策略。”我笑着道，“你说，方法和他叔叔现在是不是在月光下念咒语想招呼神笔阿拉丁？”

“哈哈哈……”大家一起开怀大笑。

皎洁的月光下，我拿出神笔，三个人围坐在一起仔细地揣摩，但无论怎么检查和使用，始终没有发现神笔的神奇作用。虽然我们冥冥中的确能感觉到这是支独一无二的笔，肯定存在着某种神奇的力量！

“这可能就是所谓的仙缘。”小妹叹了口气，“不属于你的东西，你想要也得不到。”

“就算千方百计得到了，也没法使用。”大师说。

“江郎才尽或许就是这样，但他毕竟曾长时间拥有神笔。”我羡慕地说，“没想到那些精彩的神来之笔原来都是外星神奇文明的产物。”

大家闲扯了一会，不过再这么说下去好像又是在否定我们地球的人的高级智慧了，于是我们不再议论，各自休息。

普智大师直接在一棵菩提树下打坐，神态安详。

我和小妹找了一个洞穴，生起一团篝火，大家轮流守夜，交替休息。

不知不觉，漫长的夜晚就这样过去了。

一日之计在于晨。我和小妹利用这个大好时机开始勘察周围的地形，黑瞎子森林里植物繁多，古树参天，我努力记住一些可能有利于我们等会儿逃跑的路线，小妹倒是饶有兴趣地在森林里采蘑菇，告诉我哪个吃了能美容抗癌，哪个吃了比得癌症还惨。

那只灵鹫一直在近千米的高空盘旋着，尽责地担任着我们的警卫。

“嘎……”碧空中响起一声鹰啸，气冲九霄。

灵鹫“嗖”地俯冲下来，停在一棵有几千年历史的银杏树上。

“该来的终究还是来了。”普智大师缓缓站起身，强烈的阳光穿过茂密的树叶，在草地上留下斑驳的阴影，像一幅坎坷的命运地图。

不一会，机车轰鸣的声音从远处传来。

几十辆越野吉普车，还有成群结队的摩托车，风驰电掣般冲进森林里，迅速把我们包围在中间。

金右臂从一辆吉普车上走了下来，几个手下从车后座拉出被捆绑得严严实实的冷梅，这时常洛阳也从后面的一辆车里猥琐地钻了出来。

“先放人，我们就给笔！”我高喊。

“先放笔，再放人！”金右臂用不熟练的中文喊。

“什么？先放屁？再放人？”我把手放耳边，假装听不清楚。

“哈哈哈……”周围响起一阵哄堂大笑，常洛阳为了憋住不笑，脸涨成了猪肝色。

“少废话！姓莫的！你马上把笔给我！我就放了这个女人！”金右臂恼怒成羞地喊，“否则老子一枪崩了她！”

他一把扯掉冷梅嘴上的胶布，狠狠地捏了一下她的脸，冷梅痛得呻吟了一下，却还是喊：“莫先生，别把笔交给他！别管我！我不是留了暗语了吗！”

那梅花体的暗号除了显示“笔在判官手中”，后面还有“不要把笔给他们，别管我，快走”等。但我怎么会不顾她的性命一走了之呢？

“不！你比笔重要得多！”我慌了神，连忙从怀中取出一支笔。

“给我！”金右臂伸长了右臂喊。

可惜他的右臂毕竟是金属做的，不太灵活。

我高声喊道：“我喊一二三，我给你笔，你给我人！”

“成交！”

“一、二、三！”我飞快地喊数。

我飞快把笔扔到了空中，金右臂跳起来去抢笔，我则一把拽过冷梅，马上把她掩护了起来。

那一刻，她依偎在我的怀里，受惊的睫毛像蝴蝶一样忽闪着，真是楚楚可怜，美丽动人。她抬头羞涩地凝视着我：“莫先生，谢谢……”

她终于从画里活生生地走到我的眼前，我悸动的心怦怦直跳。

“砰！”一声枪响。

金右臂从空中跌落到地上，唯一的一只左臂也受了伤。

“谁他妈放冷枪！给老子滚出来！”金右臂张皇地四望。

“是我。”一个声音阴恻恻道。

“哗啦啦”，忽然树林里的叶子下钻出一个个妖怪般的人物，还有从树上跳下来的穿着野战服，手挎机枪的特种军人。

“我们中埋伏了。”普智大师喊，“他来了！”

一大列军用吉普车“轰隆隆”地开进了森林里，一个穿着将军服，不怒自威的中年汉子走下了车，身后站着年轻的方法。

“方法的叔叔？”我疑惑地看着这个强壮的将军，他的右臂上和前拳王泰森一样纹有毛主席的头像，所以我们就简称他为“泰森”吧。

“金右臂，你应该知道整个尼泊尔的山区都是我的地盘吧。”泰森露出了恶霸似的笑容，“你今天又在这做什么古玩生意，是否可以让我过目一下呢？”

“我，我……”金右臂颤抖着道，“将，将军……不过是些小买卖，不值一提……”

“是吗？那我就更有兴趣了！”

“不用吧！”金右臂把到手的笔藏在怀里。

“拿出来！”泰森威胁道。

“不，不……”金右臂不舍。

“给我！”泰森陡然从怀里掏出一把枪，我一瞅，居然是中国军方使用的92式9毫米手枪。

“砰！”泰森眼皮都不眨一下地一枪解决了金右臂，又粗暴地从他怀里搜走了那支“神笔”！

人为财死。黑社会老大金右臂到头来就死在一支路边摊上不过2元的劣质毛笔上。

“叔叔！”方法在旁边提醒道，“你上当了！他又故伎重演！这支是假的！”

“轰隆！”说话的瞬间，我们四人已经钻进车子里，启动油门，一个紧急倒退加一百八十度拐弯，朝森林后面撤退。

兵不厌诈。

我们早就详细观察过周围的地形，而普智大师和小妹更是早已警觉地发现埋伏此地的游击队，但为了救冷梅，我们只能佯装不知，冒险留下来。而小妹在采蘑菇的时候已经将几条尖木桩悄悄埋在落叶下。

我沿着小妹依照梅花桩的原理精心制定的路线七拐八弯地顺利出了森林，而身后狂追不舍的吉普车却接连触桩爆胎。

就在我们庆幸逃出魔掌的时候，前方突然出现了一个关卡，表面上是检查来森林伐木的违法分子，实际上却是泰森设下的关卡。

“把笔给我！”普智大师喊。

我毫不犹豫地把神笔递给普智大师，他呼哨一声，一直徘徊在半空的灵鹫闻讯而来。

“飞！尽情地飞吧！”普智大师甩动猿臂，将神笔往长空一抛。

那支神笔在空中接连翻了好几个跟头，笔身在阳光的照射下焕发出耀眼的光芒，我相信十里之外都能看到那一道细长冲天的银光。

普智大师运足气力，声闻于天：“将军！笔被灵鹫叼走！这是神的旨意！”

尼泊尔人把灵鹫视为圣物，故而大师寄托于将军不敢冒犯神威而主动退让。

我们也满心希望大师的退兵之计有效。

身后的躁动似乎停了一下，但不久高音喇叭里传来泰森铁硬的声音：“神予我笔，我不取，有违神意！所有人听令，紧追灵鹫，取到神笔者升师长，赏一千万美金！”

顿时周围数里的士兵、工人、伐木工、路人们都听到这个消息，纷纷抬头仰望天空中翱翔的灵鹫。

大家同时愣了几秒，而后发出天崩地裂的共鸣：“追！”

疯了！疯了！

所有人都疯了！

我的清醒还有什么意义？

我开着车疯狂地冲过前方阻拦的关卡，木屑横飞，惊心动魄。

“哒哒哒……”守卫的士兵朝我们疯狂地扫射，车上的玻璃全都被打碎，一时间碎片飞溅，我们低着头，疯狂地夺路而逃。

我开车跌跌撞撞地过了一座独木桥，普智大师让我停车。只见他走下车卷起袖子露出罗汉铁臂，将桥旁的铁索用力一拽，居然摧枯拉朽般将整座桥梁的基础折断了，沟通天堑的大桥倾斜着掉进万丈深渊。

“希望能阻挡他们一会！”普智大师喊，“走！”

我们开车穿过城区，跟着天上的灵鹫的方向继续奔驰着。

“直接回雪山！”普智大师命令道。

“可是灵鹫的方向好像……”我迟疑了一下。

“相信我！”普智大师喊，“灵鹫在声东击西！”

“好的！”我也再不迟疑，马上掉头朝神笔山开去。

回头看了一眼，只见那灵鹫越飞越高，越飞越高，冲入云霄，终于消失不见了。

“它现在应该开始调头了！”小妹笑着安慰惊魂未定的冷梅，“没事了，没事了……”

“哇……”冷梅这才仿佛从惊悚的噩梦中苏醒过来，不由号啕大哭。

“不要像个小孩子好不好？”我微笑道，“人家还以为你是梅仙呢。”

“人家都这样了，你居然还取笑我！”

“大哥该打屁股！”小妹笑嘻嘻的。

“都是玩笔仙惹的祸！”冷梅伤心道，“我真，真的没想到我的愿望会实现……那支笔……”

“到底是怎么回事？”

“那支笔似乎能读懂我的思想……”冷梅努力回忆说，“那天玩好笔仙回到宿舍，直到半夜我还是无法入睡，但是我突然感觉到一股奇妙的灵感，我就开始用那支笔画画，莫名其妙地就画出了神笔山的样子，而且更奇怪的是，我当时根本没有用纸！”

“可是我明明看见那张纸，我们还卷在画筒里！”我说，冷梅描述的实在太匪夷所思了。

“没有，没有，我发誓！”冷梅激动地说，“那画是自己浮现出来的，就像是蜘蛛在空中吐丝结网一样，你能明白我的意思吗？”

“那可能的确是类似一种纸状的显示屏，先能把你的思想转化成画面，然后再把你输送到画面的真实地点去。”小妹分析道。

“的确是这样，”冷梅说，“等我一觉醒来就发现自己身在尼泊尔了。”

“对了，这就是超空间移动，就像电脑传输文件一样。”小妹分析。

“神笔不仅是超宇宙距离传输器，还是一个思想读取机！”我惊叫。

“照你们那样说，笔仙有着可以实现人们愿望的功能，但也有人玩碟仙，这又是为什么？”冷梅问。

“估计很久以前，有乘坐碟状飞船来到地球的外星人，向人类许过可以帮助人类的诺言。”小妹说，“还记得那些古老壁画上的宇航员吗？”

我频频点头：“那大概就是碟仙最早代表的宇宙崇拜吧。”

“那是支不可思议的神笔。”冷梅说，“普智大师要我画壁画的时候，我总是没有灵感，但一到子时，只要我手握那支笔，就会感觉有无数近乎完美的画面在我的脑中浮现，什么吴道子、阎立本、敦煌的、天竺的，全都无师自通，自然而然地就从笔下诞生……”

“是的，那是神笔突破空间平衡，使你与另一个平行世界接轨。”小妹猜测，“当然，也可能神笔是一个压缩资料的超级电脑，你所做的不过点击复制与粘贴而已。”

“你是怎么得到这支笔的？”我问。

“在西安旅游时无意中捡到的。”冷梅说，“早知道会惹出这么多麻烦，我当初就该把它丢掉。”

“没错，是常洛阳丢的。”我说，“那么第一次常洛阳就是用神笔的空间复制把自己瞬移到西安，因为他爱好书法，所以出现的地方是西安的碑林。而他之所以会被捕，是因为在白天无法利用神笔，但第二次他的神奇越狱又如何解释呢？”

“这，这都怪我……”冷梅说，“那一天，我半夜握着笔，突然感觉到一幅画面，是一个干瘦的犯人在牢房里不停地徘徊，似乎极度向往自由生活的样子。我一时心软，就把他从牢房移到了尼泊尔。”

“怎么移的？”我目瞪口呆地问。

“就是用毛笔，先在画面上点一下他的样子，会有白光照遍他的全身，他就会消失，然后再用毛笔把他画到另一个地方。”

“像摄像机一样！但转移的却是真实的物体！”我尖叫，“还有许多土著坚持不肯让游客拍照，就是害怕照相机会把他们的灵魂带走，看来神笔倒是真有这样的功能！”

“那后来你家出现的怪事也是你做的吧。”我把发生在冷家的惨案简单地复述了一遍。

“对不起……”冷梅低头，泪流满面地说，“我真的不知道会发生这么严重的后果……”

小妹紧紧地抱住冷梅，努力让她的情绪稳定下来。

“在异乡漂泊的我十分寂寞，那夜我的脑海里又出现一个画面，看到我的父母在尼泊尔的一间酒店里辗转难眠，我非常渴望和他们见面，但一想起他们彼此间的矛盾，我就感觉那个幸福的家庭早已一去不复返。所以我连夜离开寺院，只是为了和我的父母见面。但是一离开寺院，我又无法克制地想念我曾经美好的家庭……”

“所以你就画了三个全新的家庭成员……”我不敢相信冷梅的叙述。

“是的……我画了三个快快乐乐的我们……”冷梅含着眼泪说，“我真没有想到后面会发生那样的事……”

“天！你是怎么做到的！”小妹问，“怎么把平行世界打乱，让两个不同世界的人生活在一起！”

“我猜是挤压空间的办法。”我说，“大家都知道，挤压空气的话，能产生巨大的压强，将一个空心的铁球中的空气抽光，这样外面的压强就大到几匹马也拉不开。而宇宙也是这样的。”

“怎样的？”冷梅问。

“宇宙间的空间是断裂的、不等量、不均质的，就像一张有皱褶的纸。所以无法突破光速是一个非常片面的观点，原因就在于忽视了空间的完整性与均衡性因素。由于空间的不均与碎点，所以光速的突破成为一个难题。但只要有一种强大的力量可以挤压空间，使空间均衡延展，把两个平行世界挤压到一起，宇宙旅行就可以变得轻而易举。原来很遥远的宇宙距离，也可以变成咫尺之距，就像弯曲的楼梯变成了直上直下的电梯一样。”我又说了一大堆话，长得可以写一篇物理学论文。

“宇宙就像一团蓬松的超级大棉花，但假设有一种聚合的宇宙力，可能把无限的空间收缩为一个核心，这或许就是佛家说的‘纳须弥于芥子’。”普智大师说，“那种宇宙力可能也就是无边无量的佛法吧！”

“您认为宇宙还可容纳于芥子，芥子也可以说是微尘。但上乘的佛法不是说‘本来无一物，何处惹尘埃’吗？”我突然如醍醐灌顶，惊呼道，“大家一定看过《道德经》吧，‘天下万物生于有，有生于无’。看！这和佛经里说的‘若见诸相非相，即见如来’是多么的殊途同归啊！”

“三千世界不过全是过眼云烟的幻相。”普智大师对我合十道，“莫先生真有佛缘，让贫僧增进不少。”

“岂敢岂敢。”我惶恐不安，汗如雨下。知易行难，我不过误打误撞，一知半解还算不上，又怎敢自以为是。我自诩性情淡薄，与世无争，但对于世俗中的人生纷扰却照样是看不透、舍不得、放不下。

大家沉默了半晌，各有所思。

那是我一生中最感到困惑的时候。

“应该是这样的。”半天后，冷梅握着神笔说，“我不知道它的力量所在，但我相信这种力量应该是来源于天外。”

“可是我昨天晚上用它时怎么一点都不起作用？”普智大师问。

“没电了。”冷梅石破天惊地说。

“什么？天外那些神人完全应该自身就能光合作用，不吃不喝，自我循环，怎么还要用电呢？”我怀疑地问。

“不好意思！可能是我表达有误，应该是没有运转的所需能量了。”冷梅抱歉地说。

“哦！”我恍然大悟，“从古籍记载中那么多人都用过它。我相信在复制人的时候，是先把人分解成无数个粒子，然后就地销毁，再在另外一个地方，根据刚才得到的成分全部组合还原成其人。首先要把个人的全部生理数据进行全面分析，他所含的氧、氢、氮、碳、金属元素的成分等一一记载，然后再一一复原拼图，比如说这个人是个大胖子，那么复制时也需要等量的脂肪。而这种分析与重新组合肯定是需要大量能量运行的。”

冷梅佩服道：“莫先生，你刚好把我想说的都说完了。”

“如果这种复制人体的技术能运用到医学上，那更是可以帮助许多病人起死回生，真是功德无量。”普智大师笑着说，“如果你身上有癌细胞，那在复制的时候，就可以轻易地剔除掉，重新还原一个健康的身体。”

“这不就意味着重生吗？”冷梅惊奇地问。

“这太神奇了！但我无法相信如此先进的神笔竟然没有自己再生能量的功能。”我怀疑道，既然具备制造出神笔的先进技术，难道为神笔附加一个再生能量的功能会有困难吗？古文里那些修炼成仙的人可以靠吸收日月精华维生，我认为神笔自然也可以靠天地灵气自我补充能量。”

“但现在神笔确实无法再使用了。”普智大师无奈地说，“昨天晚上你也试过了。”

“也许只能归咎于人类自己了，我相信如果是在几百年前，神笔一定还是完好无损的。但进入工业时代后，尤其是现代社会以来，人类片面追求发展，忽略了自身与大自然的协调。工业污染与日俱增，破坏了原本平衡的生态，污染遍布这个原本纯洁的地球。人类的所作所为都是在污染神笔，亵渎神笔！”我义愤填膺地说。

“善哉善哉。”普智大师双手合十道，“施主所言即是，想想古代的佛经不过简洁几笔，就说尽世间万象，中国的春秋笔法也是言简意赅。但是到了现在，人们往往因为一些琐碎小事就口诛笔伐。更有那一帮无耻文贼，专门歌功颂德，粉饰太平，又有那一帮小丑颠倒黑白，篡改历史，这都是笔在地球上的堕落，笔在人类心中的沦陷啊！”

言尽于此。我们四人都沉默不语。

我知道我的力量是渺小的、微不足道的，但是每当我想起那夜璀璨的星空，我就希望能用最微弱的声音发出人类最尊严的呐喊！

到了雪山下，天色已经已晚。

回到寺院已经快八点了，但灵鹫依然继续朝更高处飞去。

“天啊！它在干什么？”小妹仰望星空，秀容无限美好。

“不好！有人追踪到我们了！”我心知不好。

果不其然，越过寺院的飞檐，一架轰隆作响的“阿帕奇”战斗直升机在空中猛然出现！

泰森在直升机上露出半张狰狞的脸：“该死的秃驴！今晚我就炸飞你的小鸟！”

“快跑！”普智大师带着我们三人从寺院的后门往雪山顶上跑去。

几枚导弹从直升机上发射，身后一片轰隆巨响，火焰冲天，瞬间将寺院夷为一片平地，无数无辜的僧侣失去了宝贵的生命。

我含泪趔趄在雪山上，我没有勇气再回头，思绪万千，罪恶的人类就这样亲手断送了自己的退路！

“这是一场众生的浩劫。”普智大师不停地念着佛经。

“对不起，对不起……”冷梅已经哭成了一个泪人。

“为了阻止更大的灾难，一定不能让这些贪婪的恶人得到神笔！”普智大师振作喊道，“我不入地狱，谁入地狱！”

我被普智大师这种心怀天下，悲天悯人的责任感所深深震撼，这正气凛然的肺腑之言跨越了民族、跨越了国境、跨越了生死！

侠之上上乘者，可以不爱国，但绝对要爱民。

国家，不过是一个人为的局限，人类社会发展的最高境界，就是不论种族、肤色、国籍，大家都能和平共处，在一张桌子上喝茶聊天享受生活。

我们马不停蹄地往山上赶去，灵鹫早已消失得无影无踪。这让我又想起挤压空间的理论，因为我们的攀登不可能是直线，固然要费力许多。而如果我们找到一个平滑空间，既是直线，又没有任何摩擦力，那么我们几乎可以轻易到达宇宙的任何一个地点。心随意转、神到身到、来去自如、无所不能。这也许就是未来旅行的最高境界。

我是个喜欢户外运动的人。但在攀登神笔山的时候，我终于体验到小妹上次与登山队伍在这里死里求生的感觉。

雪山太陡峭了，云雾弥漫，山上格外寒冷。我们又是临时上山，没有一点登山装备，缺氧、缺水、缺少御寒的衣物，但我们不缺顽强的斗志和为信仰作战的坚定！

那辆战斗直升机很快就在半山腰停滞不前了，因为山上气候恶劣，视野不佳导致无法飞行。透过雪山的雾气，我们又看到一组战斗机群朝雪山飞来，看来泰森真是下了血本，对这次追寻神笔的行动势在必得！

远远地看见从直升机上空降下一些士兵，还空投下一些登山用具。

这是一场生与死的较量！

柔弱的冷梅很快就感到体力不支，她气喘吁吁道："你，你们快去找笔！不要管我！"

"不！我们不会丢下你的！"我坚决地说。

"哥，你来背她吧！"

"你不会是认真的吧！以为拍电影啊！"我心有余而力不足。

普智大师哈哈一笑，"我们逗你的呢！梅仙，来！"大师轻而易举地搀起冷梅，几乎是老鹰提小鸡一般抓着冷梅在雪山上健步如飞，看得我们目瞪口呆。

但毕竟我们缺乏必要的登山设备，我和小妹的行进速度让普智大师也无法全力施展，有时候他不得不停下来等我们。

寒风料峭，冷风像刀一样刺进裸露的肌肤。我们坚持不懈地攀登着，脑海里一片空白，只残留下一个坚定的信念，就是一定要保护好神笔，不能让它落入歹人之手！

幸亏普智大师对神笔山的地形十分熟悉，我和小妹的身手也算说得过去。几经磨难后，我们终于爬上了雪山之巅。当然，攀登中那段生不如死的过程如果全部描写出来的，估计本书比牛津大词典还要厚。

"会当凌绝顶，一览众山小。"小妹在山顶狂呼，"布鲁，特来西，奇摩，我们终于一起到达山顶了！"

"站在这巍峨的山巅，再仰望高不可攀的云霄，真的不得不感慨人类的渺小。”我深有感触地说。

而冷梅此时已经处于半昏迷状态，普智大师尴尬地看着我：“她可能是体温太低，昏过去了。”

普智大师是活罗汉，在零下几十度的雪山上依然袒露着右臂，丝毫没感觉冷的迹象。但他是佛门中人，不便与女眷接触。而我身上还穿了一件风衣，于是我把昏迷的冷梅紧紧地拥在怀中，用我火热的胸膛传递给她一些温度。

与她肌肤相亲，闻到她身上散发出的梅花的淡香，我的心中无比激动。这神圣如天使的女孩，却卷入这场丑陋肮脏的争夺。

人类的贪婪欲望何日方休？

“灵鹫，灵鹫呢？”小妹焦急地喊。

普智大师深感不妙，怎么到了山顶却依然没有见到灵鹫。他飞快地跑向另一侧峭壁，终于在山崖边找到已经奄奄一息的灵鹫。

一路上没有停息地飞到这么高的雪山，期间还绕远路甩开追踪的敌人，虽然好不容易登上了顶峰，但终究还是无法抵挡寒冷，冻僵在悬崖边。

普智大师急忙赶了过去，灵鹫即便已经冻僵，喙却还死死地叼住那支神笔。普智大师看到神笔还在顿时松了口气，他慌忙给灵鹫按摩了几个穴道，紧紧把它贴在胸口，想用体温温暖它。

“还是我来吧！”小妹笑道。

“麻烦莫小姐了。”

小妹温柔地把灵鹫抱在胸口，用少女的体温给这只灵鸟输送微薄的体温。

“小妹，你这么做，很多花花公子会吃醋的哦！”我嘴贫。

“美吧你，还是好好照顾你怀里的吧！”

大家在那万分紧张的情景还有兴趣开玩笑，不过这么一笑，压抑的气氛顿时轻松了不少。

那灵鹫毕竟是神鸟，只一会就舒展开羽毛，安然无恙了。小妹欣喜地把它放下，灵鹫朝小妹灵活地转着眼睛，低低地叫了几声，似乎是在感谢她的救命之恩，人与鸟之间互帮互助的和谐场景让人动容。

“他们难道知难而退了？”小妹怀疑地问。

普智大师轻轻地抚摸了几下灵鹫，灵鹫很通人性地朝山下俯冲而去。

焦急和寒冷一起侵吞我们的耐心，在寒风凛冽的雪山之巅，眼底尽是皑皑的白雪，恍如置身仙境，但是也许这雪白之中掩藏着无边的罪恶，他们正渐渐包围我们。

“砰砰砰！”一阵无情的子弹声从山下传来！

我们立刻往山下望去，只见灵鹫在空中痛苦地挣扎着，沾满鲜血的翅膀无法维持它的平衡，它扑棱了两下翅膀像断线的风筝坠落到雪地中。

“不！——”小妹尖叫一声。

我咬着拳头喊：“这一群该死的人渣！连鸟都不肯放过！”

突然，从远处刮起一阵大风，本就坠落在悬崖边的灵鹫在大风的吹送下，一骨碌滚下山去。

“灵鹫！”小妹失声痛哭。

普智大师无法再坐视不管可，他腾地站起来像箭一样朝灵鹫蹿去。

“别！”我想阻止普智大师，毕竟敌人可能已经瞄准了我们。

但他还是义无反顾地冲了下去，无数的子弹伴随着普智大师的暴露从山下飞蹿上来，不时有流弹打到厚实的积雪上，掀起一大团的雪块！

时间仿佛凝固了一般，我和小妹惊慌失措地互相看着彼此。

“大师他……”这时冷梅也渐渐苏醒过来，但是嘴唇冻得发紫，话都说不利索了。

就在这时，一道黑影冲天而起！

“大师！”我和小妹看到大师安然无恙，不免惊喜万分。

“灵鹫它……”普智大师的身上染满了鲜血。

灵鹫非常灵性地看着小妹，眼有充满了惋惜、难过、无奈、痛苦、还有深深的仇恨和淡淡的忧伤，我从来没有在一只鸟身上看到那么复杂和伤感的眼神。

小妹心有灵犀地把它抱在怀里。

灵鹫刚触到小妹带着体温的手掌，就轻轻地闭上了眼睛，鲜血滴落到雪地上，很快凝集成一朵朵红色的梅花！

“不！”小妹忘情大哭。

“生老病死，人之常情，鸟兽何尝不是如此。”普智大师哀伤地说，“天底下的众生都是平等的。”

我们四人为灵鹫的不幸哀悼，普智大师用他钢铁般的双手就地挖了一个小坑：“从哪里来，回哪里去，所有生命的最终归宿都是大地的怀抱。”

我们悲伤地捧起冰凉的积雪，缓缓地覆盖了灵鹫的躯体。

我的眼泪无声地滑落下来，小妹甚至哭得脸都变形了。

冷梅哆嗦着说："鸟儿，安息吧。"

大师在旁边念了一段往生咒后道："现在不是悲伤的时候，敌人就要冲上来了。我们必须有所行动！"

"我们一定要和他们死战到底！"小妹咬牙切齿地说，四处寻找比较大的雪团和冰冻的山石。

"对！和他们拼了！"我一跺脚，踩碎了几块冰块，这锋利的冰柱从高山上投掷下去，本身的重量加上高速，相信威力绝不会逊于古代守城所用的滚石檑木！

而普智大师双拳在地上一锤，居然抓起一块两三百斤重的大石块，他睚眦欲裂的神情犹如天王降临！

山下的敌人很快就围拢上来，将山顶围了个水泄不通！

"你们投降吧！"泰森用喇叭高喊，"这里是我的地盘，只要你们用神笔帮我铲除异己，完成霸业，等我当上总统，你们就是我的上宾！"

"放屁！放你妈的大狗屁！"我也顾不上斯文，朝山下大声咒骂。

声音像插了翅膀一样在雪山上空回荡，周围的山谷也响起一连串巨大的回音。攀登过雪山的人都知道，在雪山上大声说话是件很危险的事，极有可能会导致毁灭性的雪崩。何况此刻还是喇叭里的呼喊。

我心想，雪崩就雪崩吧！绝不能让这些无耻的暴徒亵渎的神笔！

"敬酒不吃吃罚酒！"是方法阴险的声音，"姓莫的！最后一次问你！到底投不投降！"

"你滚回地狱去投胎吧！"我酣畅淋漓地痛骂，"有种就给老子上来，老子一脚踢你下黄泉！”

旁边的常洛阳小声嘀咕：“将军，多给他们点钱，硬的不行，我们来软的。”

没想到金右臂一死，常洛阳就见风使舵地跟了泰森，这种奴性根深蒂固的败类，真丢光了中国人的脸！我气得头发都竖了起来。

“为了真诚地表示刚才无意炸毁寺院的歉意，我可以盖一座比帕坦的黄金寺院大十倍的白金寺院给你们，只要你们肯把神笔给我，如何？”泰森利诱。

不说还好，一说到寺院被炸，普智大师就想起那些无辜冤死在寺院中的僧人们，他挥起金刚神臂，气冲云霄地将那百多斤重的巨石朝声音传来的方向砸去，巨石被抛出两百多米远。

“哄”的一声巨响，又引起一连串剧烈的碰撞和连锁反应，就在雪山都在如此重击下剧烈颤抖！

目标的方向顿时传来一阵鬼哭狼嚎的叫喊，显然这颗巨石让对方吃了不少苦头。

“他妈的！杀！”泰森的耐心完全被打碎了，撕掉面具露出残暴的本性，一声令下，无数士兵顿时蜂拥朝我们冲来。

从山巅俯视下去，只见无数密密麻麻的绿点像恶心的虫子一样成群结队地爬了上来。

我、小妹、普智大师顿时手脚并用，把随手能抓到的雪团、冰块、石头都疯狂地投掷下去。

交战的现场显得异常的怪异，一方是现代化武装的反政府游击队，一方面是赤手空拳、仅凭地形优势和一腔热血的义士。

但战斗足足僵持了半个多小时，对方却依然没有追击上来。

由于山壁的陡峭，又顾及到触发雪崩的危险，游击队不敢用手榴弹攻击我们。所以虽然有几颗流弹擦破我的手臂，小妹的头发也被削了一大片，我们却依然好好活着。

山下的枪声也渐渐稀疏了，我和小妹都已经耗尽了力气，只有普智大师依然顽强地作战，他随手抓起一块大石头投了下去，转身一脚就是漫天的冰凌飞速朝下射去，我怀疑神笔山都要被他生生弄短一寸了。

但对方毕竟是经验丰富的游击队，一旦熟悉了我们的作战策略，很快就从各个方向包围过来，利用一些积雪的掩体开始加速往上挪动，情势突然变得万分紧急。

“嗖！”一颗子弹擦过普智大师的耳朵，殷红的鲜血顿时流了下来。

“大师！”我和小妹担忧地喊，“小心，保存体力！”

我们与敌人的距离越来越近，我几乎可以听见敌人粗重的喘气声。

不时有零星的子弹穿过冰凉的雪山上空。临近这生死关头，我的心却反而格外冷静。

人生不过是一死，灵鹫的死和大师的话让我看破了这一切，既然如此还有什么可怕的呢，我拔出在黑市上买的手枪，决心与敌人同归于尽。

“普智大师，我们或许可以再谈谈。”泰森对这种拉锯战失去了信心，但实际上这不过是他阴险狡猾的招数，我们要是信以为真地和他合作，他一拿到神笔一定会杀人灭口！

“泰森，我觉得我们确实可以谈谈。”普智大师出人意料地说。

“大师！不要和无耻之徒谈判！”我和小妹阻止道。

“现在大家彼此都伤亡惨重，这恐怕不是大师所谓的慈悲为怀吧！”泰森道貌岸然地说，“其实我也是中国书法的爱好者，我不过是想观摩一下那支笔，为何不肯给我一个机会呢？”

普智大师轻轻叹了口气，他实在不想看到大家同归于尽的结局。

我明白了！大师是不想我们三个白白牺牲在这里！所以他才低眉折腰，向泰森妥协！

我能理解要让不染世俗的大师和狼心狗肺的泰森谈判是件多么痛苦违心的事！

我站起来喊：“大师，不要和他谈判！要我们苟且偷生，我们宁愿死在这里！”

“是的！”小妹叫道，“大师！”

“我也是！”冷梅转着手中的笔，“慢，我似乎感觉这笔恢复一点生命了？”

“笔会恢复生命？”我狐疑道，“这种表达手法太新颖了吧。”

“每一次我握住它的时候，就感觉它能读懂我的思想。前几次我感觉它和我之间渐渐有了隔阂，但现在它似乎又回来帮我了……”

“这神笔山上纯洁无瑕、空气新鲜，正是大自然的灵气所在，所以这笔的自生功能重新启动了！”我对普智大师喊，“我们再多拖延点时间。”

“不，出家人不打诳语，我愿意用我的生命做担保，让你们下山。”

“那神笔怎么办？”我问。

普智大师的脸上露出异常痛苦的神色，他处在进退维谷的境地。

不投降，我们全都要葬身雪山，而如果投降，神笔将会落入泰森的手里，也许会导致更多人的死亡。当然，最好的结果是神笔的能源耗尽，成了一支无用的废物，但那实在是太理想的结局，我们赌不起。

“如果你们有胆量，你们可以上来谈谈。”我朝下面喊。

山下出现一阵骚动，士兵们纷纷交头接耳，到底是什么笔竟能让泰森将军产生如此大的兴趣。当然，更多人在讨论山顶上到底是什么样的英雄人物竟能如此坚忍不拔地和游击队作战，当距离越拉越近，士兵们看到山顶只有区区两男两女之时，他们的惊叹声隔着几百米我都听得一清二楚。

过了好一会，泰森、方法、常洛阳还有几个游击队的要员一起慢慢攀登到顶峰，手里都紧紧地握着枪，害怕我们耍什么花招。

泰森等人走到离我们还有一百米左右的距离，两组人间刚好有一个向外突出的冰层，如果普智大师突然发威，他们也可以躲在冰层下藏身。

泰森等人就在这个战略要塞旁站住，不再前进。

“我愿意用我的生命担保，请你让我的三位朋友安全下山。”普智大师双手合十道，“佛祖一定会记得将军的慈悲的。”

“神笔呢？”将军不置可否道，“人无所谓，我要的只是神笔。”

“那支笔是我朋友的，不能交给将军，何况笔也没有能量了，将军拿到手也没用。”

“笔没有能量了，这是什么鸟话？”方法破口大骂，“臭秃驴！你想糊弄我们？”

常洛阳道：“小将军，别生气，那支笔的确有很多仙力，可能是神效降低了。”

“你他妈到底是不是在说中国话？”方法一急，残暴的本性暴露无遗。

而泰森却胸有成竹地站在原地一动不动，也不说话，他不时抬起手腕看一下表，好像在等待着什么。

“不好！”我幡然醒悟，大叫一声。

说时迟，那时快，在我们面对泰森等人谈判的另一侧悬崖，一群突击队员发射出钉索，猛然钉在峭壁上，然后他们像猴子一样朝上攀爬。

好一招阴险狡诈的声东击西。

我们的背后是悬崖峭壁，我们本来以为那一侧肯定万无一失，但泰森居然叫自己的手下冒着粉身碎骨的危险向上攀来。而且那些突击队员为了掩饰自己，居然脱掉绿色的军装，光着身子混在冰山白雪中攀爬。

刹那间形势急转直下，对我们大为不妙！普智大师大吼一声，像一头暴跳如雷的狮子，有几名突击队员已经轻巧地爬上了巅峰，普智大师敏捷地跳到悬崖边，先几脚怒射，地上的冰凌被硬生生地挑起，“刷刷刷”射出，像箭一样射中了突击队员，强大的冲击力使他们失去平衡而跌落万丈深渊。

而泰森这边也是一声令下，众多士兵一哄而上，要置我们于死地！

眼看着敌人如潮水般汹涌而来，冷梅和小妹也举起了身边的所有石块、冰凌，拼命地往下砸。我开枪点射，结束掉几个最靠近的歹徒，但很快子弹就打完了。

惨淡的月光倾泻到地面上，山上视线不佳，敌人的子弹从四面八方射来，我们随时都在与死神擦肩而过。

峭壁上又有一排突击队员试图从背后偷袭，普智大师运气于指，直接把那一大块嵌着钢索的雪壁给拽了下来，大力一甩。十几个突击队员大声嚎叫着坠入万丈深渊。

这边偷袭的敌人一消灭，那边泰森的进攻也到了最危急的时刻。众多的士兵扛着武器，疯狂地冲上最后的高地。

我和小妹都已经在战斗中负了伤，我的右脚膝盖中了子弹，但还是努力地支撑着身体不让自己倒下。

小妹浑身上下都沾满鲜血，不是被子弹擦伤，就是为了躲避子弹而被冰凌和石块刮破的，她也已经精疲力竭了。

饶是普智大师那样的神勇威武，可腹部中了一颗子弹，也不得不痛苦地盘坐下来，无力再战。

“哈哈哈哈！”泰森手一挥，顿时漫天的子弹瞬间停住了，偶尔的一两下“咔嚓”换弹夹的声音，更使雪山上的气氛冰凉而压抑。

“恭喜将军，恭喜将军，神笔就要到手了！”常洛阳像一只摇尾乞怜的哈巴狗道，“将军那一千万可不要食言哦！”

“上面那个女孩也了解神笔的所有使用，要你何用？”泰森冷冰冰地问。

“将军，你可不能这样过河拆桥啊！”常洛阳惊慌失措地喊。

“叔叔，我来吧！”方法不耐烦地说。

弥漫的雪雾中，方法的手枪对准了常洛阳的头。

“我，我不要钱了！我不要了！我什么都不要了，你们饶了我吧……”常洛阳凄厉地喊着。

“太迟了！”方法的死亡子弹无情地穿过常洛阳的头，在雪地洒下一片罪恶的红色，玷污了这圣洁的雪山。

我和小妹紧紧靠在一起，小妹挣扎着去拽冷梅的风衣：“冷梅，还拿着那支笔做什么？难道还嫌它害的人不够多吗？”

“它好像真的要活过来了，现在几点？”

“已经十二点五十九分了。”我看了眼手表。

“子时马上就要过了……这是天地间阴阳交换最强烈的最后时刻……我必须抓紧时间！”冷梅的牙齿直打颤，她在空中努力地挥舞着什么，像是一个临死的人失去了理智。

我和小妹也不再去劝她，只是让一切随缘。

而大师更是双目紧闭，等待着佛祖的呼唤。

泰森一步一步地朝我们走来，距离最多不超过十米，我连他胡子上粘着的雪花都看得一清二楚。

“终于抓到你们了！”泰森摊开他巨大的手掌，“快把神笔交出来！”

就在这时，泰森阴笑的表情突然凝固了，他不可置信地转过了头：“阿法，你，你……”

方法在背后冷酷地笑道：“叔叔，你太老了！”

“不！不！”泰森凄惨地大叫，“我可是你叔叔！”

“不要这样懦弱！叔叔，你的位置应该轮到我来坐了！”方法的枪对准了泰森的心脏。

山下的士兵都看得目瞪口呆。

泰森忽然全身发抖，老泪纵横：“不！你不能杀我！你知道我是谁吗？”

“我不管你是谁，老子今天遇神杀神，遇佛弑佛！”

“我是你父亲！我是你亲生父亲啊！”泰森嘶哑着嗓子像狮子一样咆哮起来，“阿法，你是我儿子！是我的亲生骨肉！”

“什么？不！不！”方法瞪得眼眶都要裂开了，“你撒谎！那我在大陆的父亲又是谁？”

“他只是你名义上的父亲！当年我们俩兄弟一起在尼泊尔闹革命，我和你父亲同时爱上了你妈妈！但后来我们兄弟俩决定其中一人可以当领袖，代价就是要让出你母亲！”

“你，你退出了……”方法的声音剧烈地颤抖着，无法相信耳中所听到的。

“我当然要江山！”泰森猖狂地笑了起来，“你的父亲也愿意带你母亲逃往中国，选择过平静的日子，但是他根本不知道，其实那时你的母亲已经怀了我的骨肉！也就是你！你那个所谓的父亲，戴了一辈子的绿帽子！”

“不！不许你侮辱我的父亲！”方法手里的枪剧烈地颤抖着。

“我才是你的父亲！”泰森疯狂地嘶吼。

“不！不是的！”方法痛苦地捂住耳朵。

“你这该死的篡位者！”就在方法掉以轻心的一刹那，泰森瞅准机会飞快地拔出枪。

“砰！”一声让人绝望的枪响。

子弹击在方法的心口，但他并没有倒下去——他穿着防弹衣！

“砰砰砰！”一连串子弹击暴了泰森的头颅，方法歇斯底里地喊，“虎毒还不食子！你也配做我父亲吗！”

血肉模糊的泰森诡异地回头，茫然地看着我们：“这，这到底是为什么……”

他苍老的眼睛里充满了对人生的困惑、对仇恨的迷惘、对往事的愧疚以及对死亡的恐惧……

“啪”，泰森踉跄地丢掉手里的枪，挣扎着整了整他的衣领，努力使自己站得像一个将军。

终于，泰森“扑通”一声倒了下去，方法一脚把他的尸体踹下悬崖。

“你们都看到了！将军是自己不小心摔下山去的！”方法高高举起枪，朝天射击，“回答我，你们看到了没有！”

几个要员面面相觑了。

山下的一群士兵都在茫然无知地看着他们。

“我，我们看到了……”几个要员在方法的威胁下吞吞吐吐道。

“将军是自己摔下山去的……”士兵们闹哄哄的，一起颠倒黑白。

“好！很好！”方法吹了吹枪口的硝烟，“现在，你们给我全部上来，除了那个红衣服的女孩要活的，其他人全部都灭口后给我埋了，最重要的事绝对要给我找到那支笔！”

“找到笔如何？”有士兵心急地问。

“你要什么，我就给什么！”方法豪情万丈地许诺。

“好！将军！”士兵们不由激动万分，像潮水般排山倒海地冲了上来。

我拉着小妹的手，绝望地闭上了眼睛。

一切都结束了。

人类自己走向灭亡的末路。

在那九死一生的瞬间，冷梅突然用尽全力地举起手中的神笔，在雪山之巅像自由女神一样高高擎起那支神笔！

“轰隆隆！”瞬间风云变色，雷霆大作，一串骇然的闪电撕扯开黑暗的夜幕。人类如此嗜血反叛，连上帝也无法坐视不理！

令我瞠目结舌的场景发生了，在氤氲的雪山之巅，突然凭空浮出了一副悲壮神奇的雪画，像是云蒸霞蔚的气团浮在半空，织就了一副惨不忍睹的画面——大雪崩！

就在第一个士兵冲上峰顶朝我的胸口开枪的一瞬间，一声惊天动地的巨雷从山的内心轰然喷发，雪山支离破碎，山崩地裂，峭壁簌簌地坍塌下来，像夏天里融化的雪糕一样迅速地往下流淌。

耳边的惨叫声很快就被雪崩所造成的巨大轰鸣声所掩盖，我只能看见那些士兵脸上露出惊骇的表情，随后被滚滚的雪浪所吞噬。

越来越多的大雪团像是离巢的蜜蜂一样源源不绝地滚下山去，所到之处，无人生还！

雪山像是咆哮的狮子一样怒吼，它震动着、抗议着、惩罚着，无数的冰凌、雪团、石块疯狂地砸向那群罪恶滔天的人！

一个个无耻的罪人终于被无情又无瑕的雪永远地埋葬在了这雪山之中……

结局

仿佛过了漫长的一千年，我们终于等到了黎明的曙光。

直到温暖的第一缕阳光照在我们的身上，我们才意识到这场轰轰烈烈的浩劫已经结束了。

遍体鳞伤的我扶起虚弱异常的冷梅："谢谢你，是你的画救了我们……"

"是神笔……"冷梅难过地说，"它死了……"

"它已经不适合生存在这个世界上了。"小妹感伤道。

伤痕累累的普智大师长叹道："哎，如果人们再不反省思过，地球的末日也就不远了。"

冷梅痛苦地握着笔说："我感觉它已经耗尽所有的能量，再也无法恢复了……"

我们难过地看着冷梅，她握着笔，艰难地走到雪山的悬崖边，我担心地想要去拉她。

她却高高地扬起手，用尽最后一丝力气奋力一挥，神笔在空中优雅地划出一道弧线，在阳光的照射下焕发出黄金般的光彩，最后消失在我们的视野中，仿佛与雪山融为了一体……

冷梅坐倒在地，顿时泪流满面。

已经筋疲力尽的我们在山峰上寸步难行，根本就无法下山。

就在这时，山下突然传来一个熟悉的声音："师父，莫小姐，莫先生……"

"是圆通！是圆通！"小妹兴奋地喊，"他还活着！"

"我们还活着！"圆通和几个师兄一起吃力地攀上来，"昨天晚上我们都在地窖整理过冬的食物，躲过了那场劫难……师父，您先别说话，我们背您下山……"

泰森意外地死于雪崩之中。

尼泊尔政府异常高兴，认为是神笔寺的佛祖显灵，于是拨出一笔巨款把已成废墟的寺院重新建设起来。

我和小妹、冷梅也在医院的治疗下很快康复起来。

我眺望远处高耸入云的神笔山感慨："每当看到这座山我就想，为什么会有'笔直'这个美妙的形容词。现在我终于明白，笔代表的是一种正直的正义。每一次握着笔，我的心中就会充满力量，要将这浩然的正气传播到地球的每一个角落！"

大家轻轻转动着手中的笔，开心地笑起来。

"冷梅，现在是时候回国了。"小妹微笑说，"你的父母一直在等你。”

“好，但在分别之前，我想和你们一起玩个游戏。”

“玩什么？”我好奇地问。

冷梅神秘地顿了一下，窗外的冷风吹了进来，她海藻般的长发像招魂的经幡一样婉转飘扬。

令人窒息的沉默过后，她幽幽地吐出了两个可怕的字眼：“笔——仙。”

后记：无限的旅行

莫争

这是我22周岁时写的小说。

22，看似双宿双飞，却是加倍的光棍。

我喜欢静。

孤独是一种激扬的思想旅行。

那年夏天，住在成都，与一个画家合租。

早上起来，偶然写几个毛笔字。从小没练过字，字丑到了极致，反成了一款独步唯我的个性。

一横一竖，心平气和，堂堂正正。

书法可以磨炼人的内心。

各种各样的字体，也是一场历史长河的旅程。

那时开始流行美剧《越狱》。小说中也有一段类似的监狱场景。

我虽然没有去过监狱。但小时候总觉得学校就是监狱。窄窄的教室就是囚室。我只能在小小的书桌前，拿着笔，歪歪斜斜地涂画着梦想中的自由王国。

人在远方，会有一种奇怪的感觉。

开始是新鲜，渐渐麻木，再之后便是恐惧。

你是否想过，客死异乡的悲凄？那个画家据说是张大千的再传弟子，而张大千至死也无法回到他念念不忘的四川老家。

狐死首丘，仁也。

我再穷，口袋里也永远要有买一张机票的钱。

可惜，我早就忘了来的方向。

也或许，我一直未曾离开，不想离开，无法离开。

生的困惑，让我执著。

不若归去，若你爱我。

如果地震了，如果飞机失事了，如果你没有遇见我。如果假装都是命运弄人的错。

如果没有如果。

假设是一种严重的精神犯罪。

人生若只如初见。

以前不懂这句话，现在开始懂了。

只是我还是放不开对未来的期待。

倘若真的有爱，在海的另一边，静静盛开。

倘若，我还是不懂。

请你把所有沉重的伤痛，化作我心中最鲜艳的鹤顶红。

当我品尝你嘴角的眼泪，我会默默告诉自己，放手，或许是最好的解脱。

写作，会在心里想很久很久。

想着想着就成真了。

等着等着就老了。

可是你还没有出现。

在我最美的时刻，只能用文字，一刀一刀，琢下所有关于守候的残恋。

笑着笑着就遇见了。

疼着疼着就想念了。

爱，是一种刻骨铭心，又魂牵梦萦的喜悦。

看着看着就淡忘了。

走着走着就走散了。

感情的荒涯，宿命的穷途，我们再也回不去了。

这本书出发的时候有提纲。

在写字板里写了如下零落的痕迹：

“粘贴、光、复制、剪切、红色、判官、网络回收、神笔、女孩消失、捡了、古笔、盗墓富翁、离奇逃亡、毛笔、被发现、丢了笔。

两个人、都是女孩、一个在山上18岁、一个在山下8岁、保释、寻找一支笔、富翁的买家、女孩子的父亲、古董商、成功、看到动画片马良、古代笔记小说。

去黑市找常洛阳，但意外找到一个偷壁画的、一伙的、走私党——右尊者、高墙上、小妹冰冷跳河、被绑、半夜、冷梅、莫名消失、回到寺院，听到多了一个冷家。

普智大师、冷梅被绑架、我去拯救、方法出现、大买家、登山、扔掉笔、回国、电脑、宇宙复制、等富翁回家时，发现多了一个妻子和女儿、回到从前、失败、又换了一个版本、幸福是一样的，悲伤却是不一样的。

富翁、保释、万能笔、宇宙储存器、把他画了出来、未来，现在、把握现在。

马良。神来之笔。妙笔生花。宇宙复制。笔仙。文。巴别塔。”

大概三百多个字，慢慢流淌成十万字的河流。

写得比较流畅，大多的想法都有付诸文笔。但计划好的人生，却没有意外的感悟。

有的点如期而至，有的点散落了，有的点延伸了，如人生的悲欢离合。

有的人可以长相厮守。有的人不过擦肩而过。

有的人是用来想念的。有的人爱与恨皆不是。

很有趣的创作过程，如同一个个密码，破译，分析，提取，储存，转化。

爱也是密码。

对的人，恰当的时间，刚好的地点，类似的心情，才能对上暗号。

可是对于我，爱却是终生无法抵达的巴别塔。

关于空间复制的理论，我相信以后一定可以成真。把人经过科学仪器分析，重新组装，或者直接把人复制到宇宙的某个角落去，这就是未来的远程旅游。

许多异想天开的主意，已经或正在成为现实。

真的不该去限制人的想象力。

想象力是免费而无限的旅行。

文学的魅力正是如此。

它带领读者进入神奇的世界，人人公平，每个人看到同样的风景，却拥有不同的回忆。

没有人的生活是可以复制的。

希望所有读者阅读本书时，都有美好的感受。

飞跃地平线，穿过时间海，我写故我在。

在爱的无限个心灵宇宙里，我愿与你，永远旅行……

2009年6月2日

图书在版编目（CIP）数据
神笔／莫争著.—北京：新世界出版社，2009.11
ISBN 978-7-5104-0694-2

I. 神… II.莫… III.长篇小说－中国－当代 IV.I247.5

中国版本图书馆CIP数据核字（2009）第209292号

神笔

作　　者：莫　争
责任编辑：熊　嵩
装帧设计：kasumi
责任印制：李一鸣　黄厚清
出版发行：新世界出版社
社　　址：北京西城区百万庄大街24号（100037）
发 行 部：（010）6899 5968　（010）6899 8733（传真）
总 编 室：（010）6899 5424　（010）6832 6679（传真）
http://www.nwp.cn
http://www.newworld-press.com
版 权 部：+8610 6899 6306
版权部电子信箱：frank@nwp.com.cn
印　　刷：北京中印联印刷有限公司
经　　销：新华书店
开　　本：710×1000　1/16
字　　数：150千字　印张：13.5
版　　次：2009年12月第1版　2009年12月第1次印刷
书　　号：ISBN 978-7-5104-0694-2
定　　价：22.00元